AF756316

यार सप्तक

यार सप्तक

काका हाथरसी

डायमंड बुक्स

www.diamondbooks.in

© प्रकाशकाधीन

प्रकाशक : डायमंड पॉकेट बुक्स (प्रा.) लि.
X-30 ओखला इंडस्ट्रियल एरिया, फेज-II
नई दिल्ली-110020
फोन : 011-40712200
ई-मेल : wecare@diamondbooks.in
वेबसाइट : www.diamondbooks.in
संस्करण : 2026

Yaar Saptak
By : Kaka Hathrasi

यार सप्तक

'तार सप्तक' के उन आदरणीय कवियों की मैं वंदना करता हूँ, जिनको न तार का ज्ञान है, न सप्तक का फिर भी 'तार सप्तक' के द्वारा साहित्य-सागर से तर गए और 'यार सप्तक' की प्रेरणा मेरे हृदय में भर गए।

संगीत-कला में प्राय: सप्तक तीन ही होते हैं; मंद्र सप्तक, मध्य सप्तक और तार सप्तक। नीची आवाज़ में गायन-वादन की पेशकश मंद्र, बीच की आवाज़ में मध्य और ऊँची आवाज़ में तार सप्तक के अंतर्गत मानी जाती है। कोई-कोई संगीत के महारथी चौथा सप्तक भी पेश करते हैं, जिसे वे 'अति तार सप्तक' कहते हैं।

हमारे 'यार सप्तक' में सभी सप्तकों के स्वर हैं। सप्तक चाहे जितने हो जाएँ किंतु मुख्य स्वर सात ही होते हैं– यथा

स रे ग म प ध नि

फिर इनके लिए एक-एक सहयोगी की आवश्यकता हुई तो 5 और बढ़कर 12 स्वरों की कल्पना बन गई– यथा

स रे रे ग ग म म प ध ध नि नि

इनमें स और प अचल स्वर हैं, शेष स्वरों के दो-दो रूप हो गए, कोमल और तीव्र अथव शुद्ध और विकृत। इस प्रकार 12 स्वरों पर भारतीय संगीत की इमारत खड़ी हो गई।

स्वरों का यह मामला कहीं तूल न पकड़ जाए, इसलिए हम इस संगीत-समस्या पर यहीं ब्रेक मारकर अपनी काव्य-समस्या को आगे बढ़ाते हैं।

हमने 12 स्वरों का 'यार सप्तक' मानकर 12 कविगण हास्य-व्यंग्य के ऐसे पटा लिए, जिनकी आज कवि-सम्मेलनों के मंच पर तूती बोल रही है। नाम भी बता दें आपको लगे-हाथों।

सर्वश्री

1. अल्हड़ बीकानेरी	(स) अचल
2. अशोक चक्रधर	(रे) कोमल
3. ओमप्रकाश आदित्य	(रे) तीव्र
4. काका हाथरसी	(ग) कोमल

5. जैमिनी हरियाणवी (ग) तीव्र
6. डा. बरसानेलाल चतुर्वेदी (म) कोमल
7. माणिक वर्मा (म) तीव्र
8. शैल चतुर्वेदी (प) अचल
9. सुरेंद्रमोहन मिश्र (ध) कोमल
10. सुरेश उपाध्याय (ध) तीव्र
11. सूँड़ फैज़ाबादी (नि) कोमल
12. हुल्लड़ मुरादाबादी (नि) तीव्र

कोई कवि यह देखकर संपादक को बुरा-भला न कहें कि हमको अमुक जी से ऊँचा या नीचा क्यों रख दिया है; इस चकल्लस से बचने के लिए हमने 'अकारादि क्रम' की शरण लेकर पिंड छुड़ा लिया, इसमें न कोई तुष्ट होगा न असंतुष्ट। सभी अपने-आपको मानेंगे परिपुष्ट।

हँसने-हँसाने वालों की अलग दुनिया होती है। उनकी भाषा, उनके रंग-ढ़ंग और उनकी नीति सामान्य से हटकर असामान्य लीक पर चलती है।

शब्दों से लय के साथ अठखेलियाँ करता हुआ हास्य-व्यंग्य का कवि अपनी रचना के द्वारा सामाजिक क्रांति के बीज बोता है एवं कृत्रिमता, अराजकता, भ्रष्टाचार आदि विनाशकारी मुखौटों पर तीर चलाकर उनके असली रूप-स्वरूप को जनगण के सम्मुख उजागर करता है। मनोरंजन के साथ उसको सोचने के लिए विवश करता है। एक कवि ने व्यंग्य की परिभाषा इस प्रकार की है :

'हमने किसी को तीर मारा, उसने निकाला, फिर मुस्कराकर कहा– एक और। इस प्रकार कवि को वांछित फल प्राप्त हो गया और जिस पर व्यंग्य किया गया उसको मीठी चुभन तो हुई किंतु कड़वी पीड़ा नहीं पहुँची। यही कारण है जो आज हास्य-व्यंग्य के कवि अन्य रसों के कवियों से अधिक यश और अर्थ प्राप्त करके समर्थ हो रहे हैं।'

हमारे 'यार सप्तक' के 12 यार कवि, इस संग्रह के द्वारा पाठकों को प्रसन्न करेंगे और स्वयं को धन्य।

काका हाथरसी

अनुक्रम

स

अल्हड़ बीकानेरी

स

अल्हड़ बीकानेरी

अल्हड़ जी का स्वर मधुर, गोरा-चिट्टा चाम।
'श्यामलाल' क्यों रख दिया, घरवालों ने नाम।
घरवालों ने नाम, 'शकीला' पीटे ताली।
हमको दे दो, मूँगफली वाली कव्वाली।
इसे मंच पर गाने में जो होगी इनकम।
आधी तुम ले लेना, आधी ले लेंगे हम।

अता-पता : श्याम निकुंज, 9-सी, पॉकिट बी,
मयूर विहार, फेज-2, दिल्ली 110091

मॉडर्न रसिया

असली माखन कहाँ आजकल 'शार्टेज' है भारी
चरबी वारौ 'बटर' मिलैगो फ्रिज में, हे बनवारी
आधी टिकिया मुख लिपटाय जइयो
बुलाय गई राधा प्यारी
कान्हा, बरसाने में आय जइयो
बुलाय गई राधा प्यारी।

मटकी रीती पड़ी दही की, बड़ी अजब लाचारी,
सपरेटा कौ दही मिलैगौ कप में, हे बनवारी
छोटी चम्मच भर कै खाय जइयो
बुलाय गई राधा प्यारी
कान्हा, बरसाने में आय जइयो
बुलाय गई राधा प्यारी।

नंदन-वन के पेड़ कट गए, बने पार्क सरकारी
'ट्विस्ट' करत गोपियाँ मिलैंगी जिनमें, हे बनवारी
'संडे' के दिन रास रचाय जइयो
बुलाय गई राधा प्यारी
कान्हा, बरसाने में आय जइयो
बुलाय गई राधा प्यारी।

जमना-तट सुनसान, मौन है बाँसुरिया बेचारी
गूँजत मधुर गिटार मिलैगो ब्रज में, हे बनवारी
फिल्मी डिस्को ट्यून सुनाय जइयो
बुलाय गई राधा प्यारी

कान्हा, बरसाने में आय जइयो
बुलाय गई राधा प्यारी।

सूखे ब्रज के ताल, गोपियाँ 'स्विमिंग-पूल' बलिहारी
पहने 'बेदिंग सूट' मिलैंगी जल में, हे बनवारी
उनके कपड़े चुस्त चुराय जइयो
बुलाय गई राधा प्यारी
कान्हा, बरसाने में आय जइयो
बुलाय गई राधा प्यारी।

'रॉकेट' बन उड़ गई चाँद पर रंग-भरी पिचकारी
गोपिन गोबर लिए मिलैंगी कर में, हे बनवारी
मुखड़ौ होली पै लिपवाय जइयो
बुलाय गई राधा प्यारी
कान्हा, बरसाने में आय जइयो
बुलाय गई राधा प्यारी।

सूनौ पनघट, फूटी गगरी, मेम बनी ब्रजनारी
जूड़ौ गुंबद-छाप मिलैंगो सिर पै, हे बनवारी
दरसन कर कै, प्यास बुझाय जइयो
बुलाय गई राधा प्यारी
कान्हा, बरसाने में आय जइयो
बुलाय गई राधा प्यारी।

रामा-रामा हरे-हरे

भजन-कीर्तन का इस युग में
बदल चुका है ढर्रा।
चरणामृत की जगह देश में
चलता देसी ठर्रा।
जिसे पी के, हज़ारों नर-नार, भवसागर से तरे।
हरे रामा, हरे रामा, रामा-रामा हरे-हरे!

बाँध, वोटरों की आँखों पर
आश्वासन की पट्टी।
नेता घुस गए बाथ-रूम में
ले साबुन की बट्टी।
जहाँ अंधों की हो भरमार, काना राज करे।
हरे रामा, हरे रामा, रामा-रामा हरे-हरे!

मटका-टाइप जूड़ा सिर पे
सौ बल खाए गोरी।
पनिया भरन गाँव के पनघट
कैसे जाए गोरी?
औंधे मटके पे इक गुलनार, दूजा घट कैसे धरे।
हरे रामा, हरे रामा, रामा-रामा हरे-हरे!

छंद फिरें बेकार, तुकों पर
छाई है मायूसी।
उपमाओं पर करें अफसरी
उपन्यास जासूसी।
'डेली वेजिज' पे हैं अलंकार, कविता क्लर्की करे।

हरे रामा, हरे रामा, रामा-रामा हरे-हरे!

महानगर में अमर प्रेम पर .
पड़ा पुलिस का डंडा।
डाकू बतलाकर प्रेमी को
किया सड़क पर ठंडा।
जब बलमा हों थानेदार, गोरी काहे डरे।
हरे रामा, हरे रामा, रामा-रामा हरे-हरे!

पड़ा अकाल 'बटर' का, फिर भी
होती बटरिंग बाज़ी।
मियाँ और बीवी राज़ी तो
क्या कर लेगा क़ाज़ी?
लेटें अफसर जी पाँव पसार, चमचा चंपी करे।
हरे रामा, हरे रामा, रामा-रामा हरे-हरे!

मुझको सरकार बनाने दो

जो बुड्ढे, खूसट नेता हैं, उनको खड्डे में जाने दो।
बस एक बार, बस एक बार, मुझको सरकार बनाने दो।

मेरे भाषण के डंडे से
भागेगा भूत ग़रीबी का।
मेरे वक्तव्य सुनें तो झगड़ा
मिटे मियाँ और बीवी का।

मेरे आश्वासन के 'टॉनिक' का
एक डोज़ मिल जाए अगर,
चंदगीराम को करे चित्त
'पेशेंट' पुरानी 'टी.बी.' का।

मरियल-सी जनता को, मीठे, वादों का जूस पिलाने दो
बस एक बार, बस एक बार, मुझको सरकार बनाने दो

जो क़त्ल किसी का कर देगा
मैं उसको बरी करा दूँगा,
हर घिसी-पिटी हीरोइन की
प्लास्टिक-सर्जरी करा दूँगा;

लड़के-लड़की और लेक्चरार
सब फ़िल्मी गाने गाएँगे,
हर कालिज में 'सब्जेक्ट' फ़िल्म
का कंपल्सरी करा दूँगा।

हिस्ट्री और बीजगणित जैसे विषयों पर 'बैन' लगाने दो,
बस एक बार, बस एक बार, मुझको सरकार बनाने दो।

कालिज में दाखिल होना हो
तत्काल 'सोर्स' मिल जाएगा,
घर में पढ़ना हो तो
'कोरस्पोंडेंस-कोर्स' मिल जाएगा;

जिन लैला और मजनुओं की
'लव-मैरिज' फेल हुई, उनको,
घर बैठे ही, 'मोबाइल-कोर्ट'
से, 'डायवोर्स' मिल जाएगा।

बुड्ढे, अनुभवी प्रेमियों को भी पद्मश्री दिलवाने दो,
बस एक बार, बस एक बार, मुझको सरकार बनाने दो।

जो हँसना चाहें, हँस लेंगे
जो रोना चाहें, रो लेंगे,
हिंदी-इंगलिश का झगड़ा क्या
सब खिचड़ी भाषा बोलेंगे;

बस की लाइन में मिला करेगी
पॉकिटमारी की ट्रेनिंग,
सब यात्री अपने से अगले
यात्री की जेब टटोलेंगे।

चोरी का तथा डाकुओं का राष्ट्रीयकरण करवाने दो,
बस एक बार, बस एक बार, मुझको सरकार बनाने दो।

जो बिल्कुल फक्कड़ हैं, उनको
राशन उधार तुलवा दूँगा,
जो लोग पियक्क़ड़ हैं, उनके
घर में ठेके खुलवा दूँगा;

सरकारी अस्पताल में, जिस
रोगी को मिल न सका बिस्तर
घर, उसकी नब्ज छूटते ही
मैं 'एम्बुलेंस' बुलवा दूँगा।

मैं जनसेवक हूँ, मुझको भी थोड़ा-सा पुण्य कमाने दो,
बस एक बार, बस एक बार मुझको सरकार बनाने दो।

श्रोता आपस में, मरें-कटें
कवियों में फूट नहीं होगी,
कविसम्मेलन में कभी, किसी
की कविता हूट नहीं होगी;

कवि के प्रत्येक शब्द पर जो
तालियाँ न खुलकर बजा सकें,
ऐसे मनहूसों को, कविता
सुनने की छूट नहीं होगी।

कवि की हूटिंग करने वालों पर, हूटिंग टैक्स लगाने दो,
बस एक बार, बस एक बार मुझको सरकार बनाने दो।

ठग और मुनाफ़ाख़ोरों की
घेराबंदी करवा दूँगा,
सोना तुरंत गिर जाएगा
चाँदी मंदी करवा दूँगा;

मैं पल-भर में सुलझा दूँगा
परिवार-नियोजन का पचड़ा,
शादी से पहले, हर दूल्हे
की, नसबंदी करवा दूँगा।

होकर बेधड़क, मनाएँगे फिर हनीमून, दीवाने दो,
बस एक बार, बस एक बार मुझको सरकार बनाने दो।

होंठों से छुआ के मूँगफली

(हास्य क़व्वाली)

मत पूछिए, फुरसत की घड़ियाँ
हम कैसे गुज़ारा करते हैं!
होठों से छुआ के मूँगफली
माशूक पे मारा करते हैं!
मारी थी जो हमने मूँगफली
वह उनके डियर डैडी को लगी।

छत पे बैठे थे, लिए मूँगफली का थैला
आ गई सामने खिड़की पे हमारी लैला

हमने सोचा कि उसे कोई निशानी दे दें
अधखिले फूल को भरपूर जवानी दे दें

गुफ़्तगू की नई तरकीब निकाली हमने
लेके इक मूँगफली उसपे उछाली हमने

इससे पहले कि वह उस मूँगफली को लपके
उसके डैडी, लिए बंदूक, वहाँ आ टपके

झेंपकर लैला उधर, मम्मी के कमरे में भगी
और इधर मूँगफली, नाक पे डैडी के लगी।

छत पे दिखलाई पड़ा, 'फ़ेस' हमारा उनको
कैसे हो जाती यह 'इन्सल्ट' गवारा उनको

उनका पारा था ज़रूरत से चढ़ गया ज़्यादा
अपनी बंदूक उठा, हमपे निशाना साधा

ख़ैरियत हमको लगी, छत से खिसक जाने में
छिप गए जा के पड़ोसन के गुसलख़ाने में

मारी थी जो हमने मूंगफली
वह उनके डियर डैडी को लगी

अब देखिएगा, उनके डैडी
क्या हाल हमारा करते हैं

थी मूंगफली, भेजे का खलल
हो गई गुसलख़ाने में ग़ज़ल

सामने लाल छड़ी हो तो ग़ज़ल होती है
जुल्फ़ गालों पे पड़ी हो तो ग़ज़ल होती है

'फ़ेस' को मोड़ के, कालिज की हसीना कोई
बस की लाइन में खड़ी हो तो ग़ज़ल होती है

तीस तारीख़ को, पिक्चर के लिए जब मैडम
एकदम ज़िद पे अड़ी हो तो ग़ज़ल होती है

रात-दिन होती रहे ठाठ से 'इन्कम' लेकिन
टैक्स देने की घड़ी हो तो ग़ज़ल होती है

मुँह के अंदर हों ठुँसे, मूँगफली के दाने
आँख छिलकों पे गड़ी हो तो ग़ज़ल होती है

अपने महबूब को 'प्रेजेंट' में देने के लिए
एक 'रोमर' की घड़ी हो तो ग़ज़ल होती है

अपने दूल्हे से, कोई शोख़, नवेली दुलहन
पूरे दस साल बड़ी हो तो ग़ज़ल होती है

थी मूँगफली, भेजे का खलल
हो गई गुसलख़ाने में ग़ज़ल

हम ताज़ा ग़ज़ल को, साबुन के
'रैपर' पे, उतारा करते हैं।

आफ़त है गुसलख़ाने की घुटन
कब होगा न जाने उनसे मिलन

आज तो उनसे मेल हो जाए
फिर भले 'हार्ट' फ़ेल हो जाए

पीठ पर झूलती हुई चोटी
जाने कब 'पोनीटेल' हो जाए

आज छेड़ेंगे सरे-आम उन्हें
जेल होती हो, जेल हो जाए

हम पे शायद, वे तरस खा जाएँ
और मुमकिन है 'बेल' हो जाए

हुस्न उनका है अधपकी अमिया
इश्क़ अपना गुलेल हो जाए

वे जो मिल जाएँ एक लमहे को
ज़िंदगी 'कॉकटेल' हो जाए

आफ़त है गुसलख़ाने की घुटन
कब होगा न जाने उनसे मिलन

लटके हैं पड़ोसन के कपड़े
हम उनको निहारा करते हैं

रे

अशोक चक्रधर

रे

अशोक चक्रधर

हास्य-व्यंग्य के रंग में, करें करारी चोट
कवि-सम्मेलन मंच पर, 'घुमा दिया लंगोट'
घुमा दिया लंगोट, न झुककर देखा नीचे
आगे थे जो 'काका' छूट गए वे पीछे
सभी चकित रह गए 'चक्रधर' चक्र घुमाया
अल्प समय में, अल्प आयु में नाम कमाया

अता-पता : जे 116, सरिता विहार, मथुरा रोड, नई दिल्ली 110044

कटे हाथ

बगल में एक पोटली दबाए
एक सिपाही थाने में घुसा
और सहसा
थानेदार को सामने पाकर
सैल्यूट मारा
थानेदार ने पोटली की तरफ़ निहारा
सैल्यूट के झटके में पोटली भिंच गई
और उसमें से एक गाढ़ी-सी कत्थई बूँद रिस गई
थानेदार ने पूछा :
'ये पोटली में से क्या टपक रहा है?
क्या कहीं से शरबत की बोतलें
मार के आ रहा है?'

सिपाही हड़बड़ाया :
'हुजूर, इसमें शरबत नहीं है।'

'...शरबत नहीं है
तो घबराता क्यों है, हद है,
शरबत नहीं है, तो क्या शहद है?'

सिपाही काँपा, 'सर, शहद भी नहीं है
इसमें से तो
कोई और ही चीज़ बही है।'

'और ही चीज़, तो ख़ून है क्या? अबे जल्दी बता

क्या किसी मुर्गे की गरदन मरोड़ दी
या किसी मेमने की टाँग तोड़ दी?
अगर ऐसा है तो बहुत अच्छा है
पकाएँगे
हम भी खाएंगे, तुझे भी खिलाएंगे।'

सिपाही घिघियाया :
'सर! न पका सकता हूँ न खा सकता हूँ
मैं तो बस आपको दिखा सकता हूँ।'

इतना कहकर सिपाही ने मेज़ पर पोटली खोली,
देखते ही, थानेदार की भी आत्मा डोली
पोटली से निकले
किसी नौजवान के दो कटे हुए हाथ
थानेदार ने पूछा, 'बता क्या है बात,
यह क्या कलेस है!'

सिपाही बोला, 'हुजूर!
रेलवे लाइन एक्सीडेंट का केस है।'

'ऐक्सीडेंट का केस है?
तो यहाँ क्यों लाया है,
और बीस परसेंट बाडी ले आया है?
एट्टी परसेंट कहाँ छोड़ आया है?'

सिपाही ने कहा, 'माई बाप!
यह बंदा इसीलिए तो शर्मिंदा है
क्योंकि एट्टी परसेंट बाडी तो ज़िंदा है
पूरी लाश होती तो यहाँ क्यों लाता

वहीं उसका पंचनामा न बनाता।
लेकिन ग़ज़ब बहुत बड़ा हो गया
वह तो हाथ कटवा के खड़ा हो गया
रेल गुज़र गई तो मैं दोड़ा
वह तना था मानिंदे हथौड़ा
मुझे देखकर मुसकराने लगा
और अपनी ठूँठ बाँहों को
हिला-हिलाकर बताने लगा :
'ले जा, ले जा
ये फालतू हैं, बेकार हैं
और बुला ले कहाँ पत्रकार हैं।
मैं उन्हें बताऊँगा कि काट दिए
किसलिए? इसलिए कि
मैंने झेला है भूख और ग़रीबी का
एक लंबा सिलसिला,
पंद्रह वर्ष हो गए
इन हाथों को कोई काम ही नहीं मिला
हाँ, इसलिए-इसलिए
मैंने सोचा कि फालतू हैं
इन्हें काट दूँ
और इस सोए हुए जनतंत्र के
आलसी पत्रकारों को
लिखने के लिए प्लाट दूँ।
प्लाट दूँ कि इन कटे हुए हाथों को
पंद्रह साल से
रोज़ी-रोटी की तलाश है,
आदमी ज़िंदा है और
ये उसकी तलाश की लाश है।
इसे उठा ले

अरे, इन दोनों हाथों को उठा ले
कटवा के भी मैं तो ज़िंदा हूँ
तू क्यों मर गया?'
हुज़ूर, इतना सुनकर मैं तो डर गया
जिन्न है या भूत
मैंने किसी तरह अपने-आपको साधा
हाथों को झटके से उठाया
पोटली में बांधा
और यहाँ चला आया
हुज़ूर, अब मुझे न भेजें
और इन हाथों को भी
अब आप ही सहेजें।'

थानेदार चकरा गया
शायद कटे हाथ देखकर घबरा गया
बोला, 'इन्हें मेडिकल कालेज ले जा,
लड़के इन्हें देखकर नहीं डरेंगे
इनकी चीर-फाड़ करके स्टडी करेंगे।'

इसके बाद पता नहीं क्या हुआ
लेकिन घटना ने मन को छुआ
अरे उस पढ़े-लिखे नौजवान ने
अपने हाथों को खो दिया
और सच कहता हूँ कि अख़बार में
यह ख़बर पढ़कर मैं रो दिया।
सोचने लगा कि इसे पढ़कर
तथाकथित बड़े लोग
शर्म से क्यों नहीं गड़ गए
देखिए, आज एक अकेले पेट के लिए

दो हाथ भी कम पड़ गए।

वह उकता गया झूठे वादों, झूठी बातों से,
वरना क्या नहीं कर सकता था
अपने हाथों से!
वह इन हाथों से किसी मकान का
नक़्शा बना सकता था।
हाथों में बंदूक थामकर
देश को सुरक्षा दिला सकता था।
इन हाथों से वह कोई
सड़क बना सकता था,
क्रेन से सामान चढ़ा सकता था।
और तो और
ब्लैक बोर्ड पर 'ह' से 'हाथ' लिखकर
बच्चों को पढ़ा सकता था,
मैं सोचता हूँ
इन्हीं हाथों से उसने बचपन में
तिमाही, छमाही, सालाना परीक्षाएँ दी होंगी,
माँ ने पास होने की दुआएँ की होंगी।
इन्हीं हाथों से वह
प्रथम श्रेणी में पास होने की
ख़बर लाया होगा,
इन्हीं हाथों से उसने
खुशी का लड्डू खाया होगा।
इन्हीं हाथों में डिग्रियाँ सहेजी होंगी,
इन्हीं हाथों से अर्जियाँ भेजी होंगी।
और अगर काम पा जाता
तो यह नपूता
इन्हीं हाथों से माँ के पाँव भी छूता

खुशी में इन हाथों से ढपली बजाता
और किसी खास रात को
इन्हीं हाथों से
दुलहन का घूँघट उठाता।
इन्हीं हाथों से झुनझुना बजाकर
बेटी को बहलाता
रोते हुए बेटे के गाल सहलाता
तूने तो काट लिए मेरे दोस्त!
लेकिन तू कायर नहीं है
कायर तो तब होता
जब समूचा कट जाता
और देश के रास्ते से
हमेशा-हमेशा को हट जाता।
सरदार भगतसिंह ने
यह बताने के लिए कि देश में गुलामी है
पर्चे बाँटे
और तूने बेरोज़गारी है
यह बताने के लिए हाथ काटे।
बड़ी बात बोलने का तो
मुझमें दम नहीं है
लेकिन प्यारे, तू किसी शहीद से कम नहीं है।

घपला

एक इंस्पेक्टर
पुल-निर्माणकार्य की
जाँच करने आया,
नदी पर तो नहीं
लेकिन ठेकेदार और इंजीनियर के बीच
उसने पुल बना हुआ पाया।
और पुल!
पुल भी बेहद मजबूत,
न कहीं टूट-फूट, न कहीं दरार
खुश इंजीनियर, खुश ठेकेदार।
तो,
शाम के समय
जब इंस्पेक्टर कार्यालय पहुँचा,
आफिसर ने पूछा :
'क्या समाचार लाए?
बड़ी जल्दी लौट आए!'

इंस्पेक्टर बोला, 'सर,
हालात का क्या कहना है,
पुल नदी पर नहीं
ठेकेदार और इंजीनियर के बीच बना है।
सर, घपला है
बहुत बड़ा घपला है
और मेरा अध्ययन तो
यह बताता है कि

सामान इधर से उधर जाता है।'

आफिसर ने पूछा :
'इसका प्रमाण?'

इंस्पेक्टर बोला, 'सर,
प्रमाण के रूप में
उनकी जीती-जागती संतान।
सर, घपला है
इस बात की ख़बर
इनकी संतानों से ही मिलती है
क्योंकि,
ठेकेदार के बेटे की शक्ल
इंजीनियर से
और इंजीनियर के बेटे की शक्ल
ठेकेदार से मिलती है।'

डेमोक्रैसी क्या होती है?

पार्क के कोने में
घास के बिछौने पर
लेटे-लेटे
हम अपनी प्रेयसी से पूछ बैठे :
'क्यों डियर!
डेमोक्रैसी क्या होती है?'
वो बोलीं :
'तुम्हारे वादों जैसी होती है
इंतजार में बहुत तड़पाती है

झूठ बोलती है
तुम तो आ भी जाते हो
यह कभी नहीं आती है।'

एक विद्वान् से पूछा,
वे बोले :

'हमने राजनीतिशास्त्र
सारा पढ़ मारा,
डेमोक्रैसी का मतलब है
आज़ादी, समानता और भाईचारा।
आज़ादी का मतलब
रामनाम की लूट है
इसमें गधे और घास दोनों को
बराबर की छूट है।
घास आज़ाद है
कि चाहे जितना बढ़े
और गदहे स्वतंत्र हैं कि
लेटे-लेटे या खड़े-खड़े
कुछ भी करें।
जितना चाहें इस घास को चरें।
और समानता!
कौन है जो इसे नहीं मानता
हमारे यहाँ
अमीरों और अमीरों में समानता है,
ग़रीबों और ग़रीबों में समानता है,
मंत्रियों और मंत्रियों में समानता है,
संत्रियों और संत्रियों में समानता है,
चोरी, डकैती,
सेंधमारी, बटमारी,
राहजनी, आगज़नी,

घूसख़ोरी, जेबकतरी,
इन सबमें समानता है
बताइए
कहाँ असमानता है?

और भाईचारा!
तो सुनो भाई,
यहाँ हर कोई
एक-दूसरे के आगे चारा डालकर
भाईचारा बढ़ा रहा है,
जिसके पास
डालने को चारा नहीं है
उसका किसी से भाईचारा नहीं है।
और अगर वो बेचारा है
तो इसका हमारे पास
कोई चारा नहीं है।'

अंत में मिले
हमारे मुसद्दीलाल।
उनसे भी कर डाला
यही सवाल।
बोले :
'डेमोक्रैसी!
दफ़्तर के अफ़सर से लेकर
घर की अफ़सरा तक
पड़ती हुई फटकार है,
ज़बान के कोड़ों की मार है,
चीत्कार है, हाहाकार है।
इसमें

लात की मार से कहीं तगड़ी
हालात की मार है,
अब मैं किसी से
यह नहीं कहता
कि मेरी ऐसी-तैसी हो गई है
कहता हूँ :
'मेरी डेमोक्रैसी हो गई है।'

एकाएक नेताजी
कोई बात सोचकर मुस्कराए
कुछ नए-से भाव
उनके चेहरे पर आए
उन्होंने अपने पी.ए. से पूछा :
'क्यों भई!
यह डेमोक्रैसी क्या होती है?'

पी.ए. कुछ झिझका,
सकुचाया, शर्माया।
'बोलो, बोलो
डेमोक्रैसी क्या होती है?'
'सर!
जहाँ जनता के लिए
जनता के द्वारा
जनता की
ऐसी-तैसी होती है
वहीं डेमोक्रैसी होती है।'

बीयर बनाम दहेज

बहुत दिनों से मन में था, किसी एक दिन
ज़रा ढंग से मौज-मस्ती से जीऊँ
एक बोतल ठंडी-ठंडी बीयर पीऊँ
लेकिन फ़ैसला किया
कि बीयरबाज़ी उसी दिन होगी
जिस दिन अख़बार में एक भी औरत के
जलकर मरने की ख़बर नहीं होगी।

महीनों हो गए भाई साहब,
रोज़ अख़बार देखता हूँ
एक नहीं, दो नहीं,
कई-कई औरतों के
जलकर मरने की ख़बर नज़र आती है,
और मेरी बीयर रह जाती है।

क्या करूँ, कहाँ जाऊँ,
कैसे इन नाशपीटी
करम जली औरतों को समझाऊँ,
कि घास-फूस की तरह
ऐसे रोज़ाना मत जलो
अरी कमबख़्तो
हफ़्ते में न सही, महीने में एक दिन
मेरी एक बीयर की ख़ातिर
नागा कर लो।
क्या बिगड़ जाएगा तुम्हारा

अगर मेरे लिए एक दिन छोड़ दोगी,
सिर्फ़ एक दिन के लिए
मौत से मुँह मोड़ लोगी?
लेकिन कैसी मिन्नत, कैसी गुहार
अंधी घाटियों की नाकारा पुकार
धकाधक जलती हैं,
धुआँधार जलती हैं,
रोज़ाना जलती हैं,
लगातार जलती हैं,
अरे वो इसलिए जली कि दहेज नहीं था
साथ में भारी लगेज नहीं था,
दूसरी के पास मरने का दूसरा बहाना था
यही कि पति का किसी और से याराना था।

तीसरी को उसकी सास पीटती थी
डंडों से मारती थी,
घसीटती थी,
एक का पति उसके पास नहीं आता था
अपना पैसा किसी और पर लुटाता था,
एक तो ऐसे मरी कि पैसे ही नहीं थे
अपने या पति के कैसे भी नहीं थे,
माना कि इन सबमें हालात की मजबूरी है
लेकिन मूर्खाओ,
जलना क्या ज़रूरी है?
अरे सामने आतीं,
सबको ठिकाने लगातीं
सास पीटती थी तो उसे खाने में जुलाव दे देतीं
पति को क्लोरोफार्म का गुलाब दे देतीं,
वो कहीं जाता था

तो तुम भी चली जातीं
आत्महत्या वो करता, तुम तो न कर पातीं।
और तुम न कर पातीं तो मैं बीयर तो पीता
कम-से-कम एक दिन तो ढंग से जीता।

हमारे देश का क़ानून भी बड़ा महान् है
इसमें हत्या को आत्महत्या सिद्ध करना बडा आसान है
मैं हैरान हूँ कि
जितने भी स्टोव और अंगीठियाँ हैं
सिर्फ बहू को पहचानते हैं
कभी भी सास को नहीं जलाते हैं।

यह पुलिस भी मेरी कोई मदद नहीं करती है
सब कुछ हो चुकता है, उस समय पहुँचती है,
पुलिस को मेरी एक सलाह है कि
हर नवविवाहित जोड़े पर
एक-एक पुलिसमैन तैनात किया जाए,
जो साल-भर तक
संबंधों की रिपोर्ट लेकर आए
रिपोर्ट चूँकि बेहद माइन्यूट होगी
इसलिए उसे खिड़की से झाँकने की छूट होगी।
मुहब्बत है या लड़ाई, वह बताएगा
और हत्या या आत्महत्या होने से बचाएगा,
लेकिन नहीं-नहीं, माफ़ करिए
मैं अपना विचार वापस लेता हूँ।
अरे मैंने भी क्या आइडिया परोसा है
भला पुलिस का भी कोई भरोसा है?
ये नए-नए जोड़ों को धमकाएँगे
इतना दो, नहीं तो रिपोर्ट में झगड़ा दिखाएँगे

इसलिए पुलिस से नहीं,
प्यारी नादान महिलाओ,
तुमसे ही कहता हूँ
तुम्हारा जलना मैं सह नहीं सकता हूँ
अरे किसी एक दिन तो ढंग से जी लेने दो
एक बोतल ठंडी-ठंडी बीयर पी लेने दो।

एक सेठ जी बड़े मनमौजी थे
हमारे मित्र कम पड़ौसी थे,
उन्हें हमारी घोषणा का पता था
लेकिन बेटे के ब्याह में
भारी दहेज लिया था
यह हमें अखरता था
एक दिन सुबह-सुबह पता लगा कि
उनकी पुत्रवधू भी
तेल छिड़ककर मर गई
हमने माथा ठोंका
लो अगले दिन की बीयर भी गई
कल के अख़बारों में समाचार होगा
और हमें उससे अगली कल का
इंतज़ार होगा
लेकिन आश्चर्य की बात
कि सेठ जी ने सुबह-सुबह
हमारे किवाड़ खोले
और मुस्कराते हुए बोले,
'यह लीजिए अशोक जी,
बीयर की बोतल
आज के अख़बार में
बहू के जलने का समाचार नहीं है!'

हमने कहा,
'यह कैसे हो सकता है?
यह आज का अख़बार नहीं है।'
वे बोले,
'अख़बार आज का है!
समाचार नहीं आया,
मामला राज़ का है।'
वाह रे मेरे देश के अख़बारो,
इस तरह सत्य को छिपाकर
मुझे बीयर पिलाओगे?

मेरे मन में आया
कि सेठ को लात मारूँ,
झिड़क दूँ,
बीयर की बोतल में
मिट्टी का तेल क्यों न हुआ जो छिड़क दूँ
नहीं पीऊँगा, मैं नहीं पीऊँगा
मैं हर्गिज नहीं पीऊँगा
मैं बिल्कुल भी बीयर नहीं पीऊँगा
अब तो यह पेट में
शायद उसी दिन जाएगी
जिस दिन कोई ऐसी सरकार आएगी,
जो औरतों को जलने से बचाएगी
जो औरतों को मरने से बचाएगी।

रे

ओम्प्रकाश आदित्य

रे

ओमप्रकाश आदित्य

हास्य-व्यंग्य के क्षेत्र में मिला मान-सम्मान
कायल हैं, 'आदित्य' के आलोचक-विद्वान
आलोचक-विद्वान, लिखा या जो कुछ गाया
किंतु किसी कविता में फूहड़ हास्य न पाया
श्लील हास्य के धनी, व्यंग्य के कुशल प्रणेता
'काका पुरस्कार' के हैं यह प्रथम विजेता

अता-पता : जी 9/12, मालवीय नगर, नई दिल्ली 110017

मॉडर्न विवाह

टूट गए युग-युग के बंधन
हे नवयुग तेरा अभिनंदन,

नई प्रेम की राह देखिए
उठी सड़क पर आह देखिए
नए रंग के दूल्हा-दुलहन
नए ढंग का ब्याह देखिए
ऊपर मंडप सजा हुआ है
मंडप नीचे दो कुर्सी हैं
दोनों चक्कर खाने वाली
इस कुर्सी पर दूल्हा बैठा
उस कुर्सी पर दुलहन बैठी
इधर स्टूल पर दाएँ पंडित
उधर स्टूल पर बाएँ पंडित
हवन-कुंड की जगह मेज़ है
उस पर एक स्टोव रखा है
चारों ओर बराती बैठे
अब फेरे पड़ने वाले हैं।

दायाँ पंडित मंत्र बोलता; दूल्हा मारे पंप स्टोव में
बायाँ पंडित मंत्र बोलता; दुलहन मारे पंप स्टोव में

ओ3म् इन्द्राय स्वाहा (दूल्हे ने पंप मारा)
ओ3म् वरुणाय स्वाहा (दुलहन ने पंप मारा)

ओउम् सूर्याय स्वाहा (दूल्हे ने पंप मारा)
ओउम् चंडाय स्वाहा (दुलहन ने पंप मारा)

पंप-पंप की आहुति लेकर
हवन तेज हो गया स्टोव पर
पंडित ने दूल्हे की टाई से
दुलहन के दुपट्टे का गठबंधन करके
दोनों की कुर्सियाँ घुमा दीं।
दुलहन का तन छोड़ दुपट्टा,
दूल्हे के तन पर मँडराया
गिरहस्थी का अर्थ यही है
पंडित ने सबको समझाया।
चक्कर खाकर सात, रुकी दुलहन की कुर्सी
दूल्हे की कुर्सी चकली-सी घूम रही थी,

पंडित ने कुर्सी को रोका
दुलहन ने पंडित को टोका,
पंडित हँसकर बोला, 'बेटी,
ज़्यादा कुर्सी घूम गई तो,
वर आवारा हो जाएगा
अब तुम अपने वचन भरा कर,
वर के वाम अंग आ जाओ।'
पंडित बोला, 'हे अर्धांगिनि।'
मेरे वाम अंग आ जाओ।'

उछल पड़ा दूल्हा, 'बे पंडित,
दुलहन तेरी है या मेरी?
यह प्रसंग मैं खुद बोलूँगा।'
दूल्हा बोला, 'हे अर्धांगिनि, हे प्राणेश्वरि,

हे सुमनांगी! मेरे वाम अंग आ जाओ।'

दुलहन बोली, 'हे प्राणेश्वर, हे अंगीरस
हे प्रिय मन्मथ! तू मेरी शर्तें स्वीकारे।
तो मैं वाम अंग आ जाऊँ।'

'हे दिनकर, आदित्य, प्रभाकर,
आठ बजे तक मैं सोती हूँ,
तू यदि सूर्योदय से पहले
मुझे खाट से नहीं उठाए
तो मैं वाम अंग जा जाऊँ।'

'कमल-लोचनी, मेरे घर में आठ बजे से
पहले सूरज नहीं निकलता– मेरे वाम....।'
'प्राणपते, यदि तू तन-मन से
मुझको पूरा प्यार करे तो मैं वाम...।'
'प्राणप्रिये, मैं तन से, मन से
मैं अपने पूरे वेतन से
तुझको प्यार करूँगा– मेरे वाम...।'
'तू मुझको हफ़्ते में कम-से-कम
यदि तीन फ़िल्म दिखलाए...तो मैं वाम...।'
'मेरे मामा निर्माता हैं, अगले माह बंबई जाकर
मैं तुझको ही फ़िल्मा दूँगा...मेरे ...।'
'तू मेरे कुत्ते स्वीटी को घर में
कभी नहीं डाँटे तो ... तेरे ...।'
'मैं तेरे कुत्ते को अपना
पुत्र समझकर ही पालूँगा ... मेरे ...।'
'तेरे मम्मी-डैडी मेरी गतिविधियों में
दखल न दें तो मैं तेरे वाम ...।'

'मैं अपने मम्मी-डैडी को
अल्मारी में बंद कर दूँगा ... मेरे वाम ...।'
'मेरी सखियाँ जब मुझसे घर मिलने आएँ
तब तू उनकी आव-भगत में आनाकानी नहीं करे
तो तेरे वाम ...।'
'मेरे घर में कवि-मित्रों का
ताँता सदा लगा रहता है
तेरी सारी सखियों की वे
आवभगत खुद ही कर लेंगे ... मेरे वाम ...।'

'मुझे छोड़कर हर स्त्री को
तू यदि अपनी माता समझे तो मैं तेरे वाम ...।'

चोट लगी दूल्हे के दिल पर
कुर्सी पर से उठकर बोला :
'यह मुझको स्वीकार नहीं है
तू मेरे दाएँ अंग ही रह ...'
ऊँ शांति: शांति: शांति:

गोरी बैठी छत्त पर

(एक नवयुवती छज्जे पर बैठी है। वह उदास है। उसकी मुखमुद्रा को देखकर ऐसा लगता है जैसे वह छत से कूदकर आत्महत्या करने वाली है। हिंदी के विभिन्न कवियों से इस सिचुएशन पर यदि कविता लिखने को कहा जाता तो वे अपनी-अपनी शैली में किस प्रकार लिखते? देखिए– उदास रमणी और हिंदी के कवि)

मैथिलीशरण गुप्त

अट्टालिका पर एक रमणी अनमनी-सी है अहो।
किस वेदना के भार से संतप्त हो देवी कहो?
धीरज धरो संसार में किसके नहीं दुर्दिन फिरे,
हे राम! रक्षा कीजिए अबला न भूतल पर गिरे।

सुमित्रानंदन पंत

स्वर्ण-सौध के रजत शिखर पर
चिर नूतन चिर सुंदर प्रतिपल
उन्मन-उन्मन, अपलक-नीरव
शशि-मुख पर कोमल कुंतल-पट
कसमस-कसमस चिर यौवन-घट

पल-पल प्रतिपल
छल-छल करती निर्मल दृग-जल
ज्यों निर्झर के दो नीलकमल
यह रूप चपल ज्यों धूप धवल
अतिमौन, कौन?
रूपसि, बोलो,
प्रिय, बोलो न!

रामधारीसिंह दिनकर

दग्ध हृदय में धधक रही
उत्तप्त प्रेम की ज्वाला।
हिमगिरि के उत्स निचोड़, फोड़
पाताल बनो विकराला।
ले ध्वंसों के निर्माण त्राण से
गोद भरो पृथ्वी की।
छत पर से मत गिरो
गिरो अंबर से वज्र-सरीखी।

काका हाथरसी

गोरी बैठा छत्त पर, कूदन को तैयार
नीचे पक्का फर्श है, भली करे करतार
भली करे करतार, न दे दे कोई धक्का
ऊपर मोटी नार कि नीचे पतरे कक्का
कहँ काका कविराय, अरी! मत आगे बढ़ना
उधर कूदना, मेरे ऊपर मत गिर पड़ना

गोपालप्रसाद व्यास

छत पर उदास क्यों बैठी है,
तू मेरे पास चली आ री।
जीवन का सुख-दुख बँट जाए,
कुछ मैं गाऊँ, कुछ तू गा री।

तू जहाँ कहीं भी जाएगी,
जीवन-भर कष्ट उठाएगी।
यारों के साथ रहेगी तो,
मथुरा के पेड़े खाएगी।

श्यामनारायण पांडेय

ओ घमंड मंडिनी,
अखंड खंड-खंडिनी।
वीरता विमंडिनी,
प्रचंड चंड चंडिनी।

सिंहनी की ठान से,
आन-बान-शान से।
मान से, गुमान से,
तुम गिरो मकान से।

तुम डगर-डगर गिरो,
तुम नगर-नगर गिरो।
तुम गिरो, अगर गिरो,
शत्रु पर मगर गिरो।

भवानीप्रसाद मिश्र

गिरो, तुम्हें गिरना है तो ज़रूर गिरो।
गिरो, पर कुछ अलग ढंग से गिरो।
गिरने के भी कई ढंग होते हैं
गिरो, जैसे बूँद गिरती है किसी बादल से
और बन जाती है मोती
बखूबी गिरो हँसते-हँसते मेरे दोस्त,
जैसे सीमा पर गोली खाकर सिपाही गिरता है
सुबह की पत्तियों पर ओस की बूँद-जैसे गिरो
गिरो, पर ऐसे मत गिरो
जैसे किसी की आँख से कोई गिरता है
किसी ग़रीब की झोंपड़ी पर मत गिरो
बिजली की तरह गिरो
पर किसी की हो के गिरो

किसी के गम में रो के गिरो
कुछ करके गिरो
फिर चाहे जी-भर के गिरो।

गोपालदास नीरज

हो न उदास रूपसी, तू मुस्कुराती जा,
मौत में भी ज़िंदगी के फूल कुछ खिलाती जा।
जाना तो हर एक को है एक दिन जहान से,
जाते-जाते मेरा एक गीत गुनगुनाती जा।

बालकवि बैरागी

गोरी हे ऽऽ......
मर ... व ... ण ... हे...
गोरी हे! मरवण हे!
थारी बात्ताँ में म्हारी सब बात्ताँ
थारो सब कुंजी तालो जी
उतरो-उतरो म्हारी मरवण उतरो
घर को काम सम्हालो जी
गोरी हे ... मरवण हे .....

इधर भी गधे हैं उधर भी गधे हैं

इधर भी गधे हैं, उधर भी गधे हैं
जिधर देखता हूँ गधे ही गधे हैं

गधे हँस रहे, आदमी रो रहा है
हिंदोस्ताँ में ये क्या हो रहा है

जवानी का आलम गधों के लिए है
ये रसिया, ये बालम गधों के लिए है

ये दिल्ली, ये पालम गधों के लिए है
ये संसार सालम गधों के लिए है

पिलाए जा साक़ी, पिलाए जा डट के
तू व्हिस्की के मटके पै मटके पै मटके

मैं दुनिया को अब भूलना चाहता हूँ
गधों की तरह झूमना चाहता हूँ

घोड़ों को मिलती नहीं घास देखो
गधे खा रहे हैं च्यवनप्राश देखो

यहाँ आदमी की कहाँ कब बनी है
ये दुनिया गधों के लिए ही बनी है

जो गलियों में डोले वो कच्चा गधा है
जो कोठे पै बोले वो सच्चा गधा है

जो खेतों में दीखे वो फसली गधा है
जो माइक पै चीखे वो असली गधा है

मैं क्या बक रहा हूँ, ये क्या कह गया हूँ
नशे की पिनक में कहाँ बह गया हूँ

मुझे माफ करना मैं भटका हुआ था
ये ठर्रा-था, भीतर जो अटका हुआ था

पाणिग्रहण

ओ घोड़ी पर बैठे दूल्हे!
क्या हँसता है?
देख सामने तेरा आगत
गुँह लटकाए खड़ा हुआ है,
अब हँसता है फिर रोएगा
शहनाई के स्वर में जब बच्चे चीख़ेंगे
चिंताओं का मुकुट शीश पर धरा रहेगा

खर्चों की घोड़ियाँ कहेंगी
आ अब चढ़ ले,
कारनेट का कंठ ढोल-सा हो जाएगा।
तब तुझको यह पता चलेगा
उस मँगनी का क्या मतलब था,
उस शादी का क्या मतलब था।

ओ रे बकरे!
भाग सके तो भाग, सामने बलिवेदी है
दुष्ट बराती नाच कूदकर,
तुझे सजाकर धूम-धाम से
दुलहन रूपी चामुंडा की
भेंट चढ़ाने ले जाते हैं।
अरे शिकारी!
आज जिसे तू मुर्गी समझकर
मिलने के हित पुलक रहा है
मोहित मन से मधुर-मधुर हो ढुलक रहा है,
आगे चलकर वही सिंहनी साबित होगी।

मंडल नीचे बैठे ओ मिट्टी के माधो!
हवन नहीं यह भवसागर का बड़वानल है।
मंत्र नहीं लहरों का गर्जन
पंडित नहीं ज्वार-भाटा है
भाँवर नहीं भँवर है पगले!
दुलहन नहीं ह्वेल मछली है
तू गठबंधन जिसे समझता
भाग अरे यम का फंदा है

अरे निरक्षर!
बी.ए., बी.टी. होकर भी तू
पाणिग्रहण का अर्थ समझने में
असफल है
ग्रहण-ग्रहण सब एक, अभागे!
सूर्यग्रहण हो
चंद्रग्रहण हो
पाणिग्रहण हो।

आदित्य के कवित्त

कुर्सी सौतन भई

मंत्री जी की पत्नी ने एक सहेली से कहा,
'सखी! मेरी जान का बवाल हुई कुर्सी।
इनके दरस को मैं घर में तरसती हूँ,
बाँहों का परस ले निहाल हुई कुर्सी।
ससुराल का भी दिन पीहर-से काटती मैं,
पीहर में इन्हें ससुराल हुई कुर्सी।
तोड़ दूँगी दारी को या इनको ही छोड़ दूँगी,
मैं रहूँगी या रहेगी ये छिनाल कुर्सी।'

काले में दाल

बेईमानी भारत की आधुनिक सभ्यता है,
संस्कृति टूटी कुटियों में फटेहाल है।
पतियों की तरह रोज़ पार्टी बदलती है,
राजनीति आज ऐसी हो गई छिनाल है।
कंचन कवच पहने भेड़िए विचरते हैं,
चापलूस गीदड़ों की चाँदी जैसी खाल है।
भ्रष्टाचार देश में या देश भ्रष्टाचार में है,
दाल में है काला या काले में ही दाल है?

लापता गधा

आगरे का धोबी एक राजधानी दिल्ली आया
दिल्ली वालों से यों बोला दुखी होके मन में।
गाँव-गाँव भटका मैं नगर-नगर गया,
वन में मिला न मुझे, मिला उपवन में।
टीले पर चढ़कर ढेंचू-ढेंचू बोलता था,
बड़ा होनहार दिखता था बचपन में।
पिछले चुनावों से वो मेरा गधा लापता है,
ढूँढन आया हूँ उसे, संसद भवन में।

पाँच-पचास का हिसाब

एक स्वर्गीय नेता नरक में गया,
यमराज ने कहा कि चुपचाप बैठ जाइए।
अपने मुनीम चित्रगुप्त को बुलाके बोले,
'इनका हिसाब अतिशीघ्र समझाइए।'
चित्रगुप्त ने कहा कि यमराज महाराज,
इनके हिसाब में न शीघ्रता दिखाइए।
पाँच साल में जो इन्होंने हैं कारनामे किए,
उन्हें बतलाने को पचास साल चाहिए।

भोज की भविष्यवाणी

फिर से चुनाव की लहर ने कहर ढाया,
नदियों के साथ कैसे-कैसे नाले बह गए।
उल्लुओं को अंबुआ की डाल पर देखकर,
हौसले बसंत के अनंत तक ढह गए।

भारत में कभी गंगू तेलियों का राज होगा,
जाते-जाते राजा भोज मंत्रियों से कह गए।
चाँद से चरित्र वाले नेता सब चले गए,
नेताओं के नाम पर ये कलंक रह गए।

कालिज के लड़के

नेता का चरित्र अभिनेताओं के चित्र देख,
विद्यार्थियों के रथ के तुरंग भटके।
एम.ए., बी.ए., करके जो घर में पड़े हुए हैं,
सोचते हैं हमने क्या कर लिया है पढ़ के।
अनपढ़ थे वे राजनीति में सफल हुए,
बुद्धू बुद्धिमान हुए कुर्सी पे चढ़ के।
इल्म की किताबें लिए प्रोफेसर रो रहे हैं,
फ़िल्म देखने गए हैं कालिज के लड़के।

ग

काका हाथरसी

ग

काका हाथरसी

काका कवि के देखकर, अद्‌भुत चित्र-चरित्र।
चकित हुए काकी-सहित, संगी-साथी मित्र।
संगी-साथी-मित्र, धन्य चारों गुण पाकर।
चित्रकला, साहित्य, काव्य, संगीत सुधाकर।
विधना ने इनका निर्माण किया फुरसत में
अमर हो गए 'पुरस्कार' से हास्य जगत् में।

आत्मसमर्पण

जय हो चंबल मइया!
तुम भी मस्त, हम भी मस्त
ईमान का सूर्य अस्त।
    आजादी मम्मी का आशीर्वाद
    हत्या, बलात्कार, डाकेजनी जिंदाबाद
    फ़िल्मी डाकुओं से सीखकर आधुनिक प्रयोग
पुलिसेश्वर की छत्रच्छाया में
भोग रहे हैं भौतिकी भोग
अंतरात्मा बोली एक दिन–
    'रे मूरख मन,
    बहुत इकट्ठा हो गया धन
    बागी से बन जा त्यागी
    संतान के सुपुर्द करके यह काम
    अंत समय में जप ले राम का नाम
    दो–चार बेकार हथियार
    कर दे गांधी बाबा के चित्र को अर्पण
    आत्मसमर्पण, आत्मसमर्पण।

अब देख दर्पण
कैसा चमक रहा है तेरा मुखमंडल
अखबारों में छपेंगे फ़ोटो
पत्रकार लेने आएँगे इंटरव्यू
दर्शनार्थियों का लग जाएगा क्यू

प्रोड्यूसर लालायित होंगे तुझे फ़िल्माने को

लाखों ऑफर करेंगे साइन कराने को

जानता है, जहाँ रखा गया है तुझे वह क्या है?
दस्यु रैस्ट हाउस, तथाकथित जेल,
दूध पी, दंड पेल,
मालिश के लिए हाजिर है बादाम का तेल।

मूड बनाने के लिए 'सोमरस' भी
आ सकता है यहाँ
बोल ऐसी सुविधाएँ मिलेंगी कहाँ?

क़ानूनी क़ाग़जों पर रेंग रहे हैं
अपराधों के केस, छोड़ उनकी चिंता
ईरान या पाकिस्तान नहीं है हमारा देश।

कौन कहता है कि पापों की सजा देता है भगवान
वह तो गीता के पत्रों में खर्राटे ले रहा है डियर,
लाइन क्लीयर!

फिर भी, जब कभी तेरे मनमंदिर में
हीन भावना के कीटाणु कुलबुलाएँ, तो
हे कलयुगी अर्जुन!
जीवन-मुक्ति के लिए, भारतमाता का
ध्यान करके, डिस्को की धुन में रोऽ
अम्मा हो-होऽऽऽ क्षम्मा हो-होऽऽऽ'

फूलन या शूलन

डाके, हत्या अपहरण, चहुँदिशि हाहाकार,
आई नहीं गिरफ़्त में, हुई पुलिस की हार।
हुई पुलिस की हार, देख अंतर का दर्पण,
फेंक दिए हथियार, कर दिया आत्मसमर्पण।
'काका' कविता लिखकर जीवन व्यर्थ गँवाया,
होकर के बदनाम, नाम फूलन ने पाया।
यदि सत्ता में होते तो हम निर्णय लेते,
चरण चूमकर इसे पद्‌मभूषण दे देते।
हिंसक-हत्यारों के जय-जयकार हो रहे,
देख दृश्य यह न्याय और ईमान रो रहे।

'आई' में आ गए

सीधी नज़र हुई तो सीट पर बिठा गए,
टेढ़ी हुई तो कान पकड़कर उठा गए।

सुनकर रिजल्ट गिर पड़े, दौरा पड़ा दिल का,
डाक्टर्र इलैक्शन का रिएक्शन बता गए।

अंदर से हँस रहे हैं विरोधी की मौत पर,
ऊपर से ग्लीसरीन के आँसू बहा गए।

भूखों के पेट देखकर, नेता जी रो पड़े,
पार्टी में बीस खस्ता कचौड़ी उड़ा गए।

जब देखा अपने दल में, कोई दम नहीं रहा,
मारी छलांग खाई से, 'आई' में आ गए।

करते रहो आलोचना, देते रहो गाली,
मंत्री की कुर्सी मिल गई, गंगा नहा गए।

'काका' ने पूछा, 'साहब, ये लेडी कौन है?'
थी प्रेमिका, मगर उसे सिस्टर बता गए।

अलगाववाद

मतगणना के फ़ोन पर, आए जब संदेश,
फ़िल्मी से इल्मी पिटे, धन्य हमारा देश।
धन्य हमारा देश, द्रमुक की अद्‌भुत आँधी,
इंका असफल हुई, क्या करे राजीव गांधी।
असम विषम बन गया, आँख दिखलायँ अकाली,
कम्युनिज़्म कब्ज़े में, कलकत्ता की काली।

होली की झोली

होली पै हमसे मिलने को साली आ रही है,
चश्मों पै चमक, गालों पे लाली छा रही है।

कक्का हैं सीधे-सादे, कक्की ग़ज़ब की शक्की,
सिस्टर को इशारे से अंदर बुला रही है।

बातें करें तो कैसे, आहें भरें तो कैसे?
वाइफ की पहरेदारी, नाइफ चला रही है।

यह इश्क बुढ़ापे का, अब मिक्स करें किससे?
होली की झोली सूखी, दिल को सता रही है।

माशूक हो जो साठा, तो क्या है इसमें घाटा?
अंगूर की कहानी, किशमिश बता रही है।

दरवाज़ा बंद करके, लिख पाए ग़ज़ल काका,
उनकी नज़र बचाकर, छपने को जा रही है।

ससुराली होली

सात सालियाँ खड़ी-खड़ी, कुछ छोटी कुछ बड़ी-बड़ी,
करें ठिठोली होली में, नैन नचाएँ घड़ी-घड़ी।
सूरत प्यारी-प्यारी थी, कुछ ब्याही कुछ क्वारी थीं,
नाक-नक्श के क्या कहने, एक-दूजी से बढ़ी-चढ़ीं।
क्या जन्नती झरोखा था, आलम अजब अनोखा था,
कोई खेल रही खुलकर, कोई शर्म से गड़ी-गड़ी।
न तो गुलाल लगाने दें, नहीं लौटकर जाने दें,
मारें रंग की पिचकारी, दरवाजे पर अड़ी-अड़ी।
मन में मेढक उछल रहे, अरमानों को कुचल रहे,
यौवन के दिन याद करे, सास पलंग पर पड़ी-पड़ी।

बात-बतंगड़

बात-बात में बन गए, बातों के कुछ छंद,
बात पकड़कर लीजिए, बातों का आनंद।
बातों का आनंद, बात बिन महफ़िल सूनी,
बात बनाने वाले को कहते बातूनी।
बिगड़ी उसकी बात इलैक्शन में जो हारा,
बात बन गई जिसने प्रतिपक्षी दे मारा।

जिह्वा द्वारा बात का नहीं हो सके ज्ञान,
मीठी-कड़वी बात का, अनुभव करते कान।
अनुभव करते कान, आदमी जानो उसको,
चुभती हुई बात, कोई लग जाए जिसको।
हास्य-व्यंग्य बातों से बत्तीसी खिल जाती,
बात-बात में पोशीदा बातें मिल जातीं।

ज़रा-ज़रा-सी बात पर, हों नाराज़ हुज़ूर,
'बात रोग' से ग्रसित हैं, रहिए इनसे दूर।
रहिए इनसे दूर मार बातों में धक्का,
उल्टी-सीधी बातों से जीतें मुँहबक्का।
चुप्पा टाइप व्यक्ति लगे रहते हैं क्यू में,
वाक्-चतुर को मिले सफलता इंटरव्यू में।

कर लीजे कुछ देर को, बंद कान के छेद,
नयन-नयन बातें करें, खुल जाएँ सब भेद।
खुल जाएँ सब भेद, गाँव के हों या शहरी,
कुछ अनुभवी बुजुर्ग, बात कह देते गहरी।
कहँ काका, छूँछी बातों पर ध्यान न दीजे,
ऊँची बातें ग्रहण कीजिए, शिक्षा लीजे।

व्यर्थ बात मत कीजिए, हो वाणी का ह्रास,
बक-बक ज़्यादा होय तो बन जाए बकवास।
बन जाए बकवास, न झूठी बात बनाओ,
चिकनी-चुपड़ी बातों से चमचे कहलाओ।
प्रेमी जोड़ा करे पार्क में कानाबाती,
उनका बतरस लेने को तबियत ललचाती।

मोड़ो अपना कैरियर, छोड़ो गंदी बात,
आनंदी बातें करो, तज दुख-द्वंद्वी बात।
तज दुख-द्वंद्वी बात, बात हो जाए गड़बड़,
ज़रा-ज़रा-सी बातों का बन जाए बतंगड़।
तुनकमिजाजी लोगों से क्यों करिए बातें,
बातों ही बातों में चल जाती हैं लातें।

बोल रहे हो मंच पर, गायक कवि उस्ताद,
'वाह वाह क्या बात है', खुलकर दीजे दाद।
खुलकर दीजे दाद, बात कुछ कहें निराली,
कलाकार की करो प्रशंसा, पीटो ताली।
आलोचना करें तो इतना कष्ट कीजिए,
कानाफूसी छोड़, बात स्पष्ट कीजिए।

कच्ची-पक्की बात से, वक्ता जोड़ें लिंक,
भाषण सुरा-विरोध पर, डेली करते ड्रिंक।
डेली करते ड्रिंक, बात के धनी घनेरे,
जय हो श्रीमन्, पर उपदेश कुशल बहुतेरे।
अपने ऊपर कभी आपने किया गौर है?
नेताजी ने कहा– 'हमारी बात और है।'

घूस खाइए

मक्खन नहीं रहा तो डालडा लगाइए,
वह भी न हो तो आगे-पीछे दुम हिलाइए।

'खतरे में लोकतंत्र है', हल्ला मचाइए,
भेड़ों का काफ़िला है, किधर भी चलाइए।

महंगाई है तो क्या हुआ, होने भी दो मियाँ,
वे खाएँ घास-फूस, आप घूस खाइए।

चमचों की दाल, देर से गलती है आजकल,
चमकीली कोई 'चमची' साथ लेके जाइए।

बाबू जी! अगर काबू में रखना है बॉस को,
बीवी को उनके साथ सिनेमा दिखाइए।

कागज़ पै बना दो सड़क, पेमेंट दिखा दो,
लेकर खुदा का नाम, रकम खुद पचाइए।

गर नाम और नामा कमाना है साथ-साथ,
महजब की आड़ में नई पार्टी बनाइए।

बेकार सत्यवान हैं, सावित्री कवित्री,
रहिए सफ़र में साथ, अटैची उठाइए।

वे टंच होकर मंच पर बैठी हैं परी सी,
कच्चे बने हैं आप तो बच्चा खिलाइए।

'इंका' का राज 'काका' न तुम चीं-चपड़ करो,
कुर्सी बचानी है तो हाँ में हाँ मिलाइए।

काका के 10 कूट

1. आपके पास कार है, तो भी पैदल जाइए, पैदल आइए,
बचत की बचत, सेहत की सेहत।
2. घर में बिजली है तो उसे कष्ट मत दीजिए।
अंधकार में योगाभ्यास कीजिए,
दिन में क्रांति, रात्रि को शांति।
3. बेकार हैं, अर्थ की तंगी है, घर में दंगम-दंगी है,
कानून तोड़कर जेल जाइए
छूटने पर नेता, चुनाव में विजेता।
4. कवि हैं, तो पता लगाते रहिए, कहाँ है कवि-सम्मेलन?
अनाहूत सरस्वती सपूत के रूप में मंच पर जम जाइए।
दो-चार दोस्तों से आवाज़ लगवाइए–
'अमुक जी की होगी, अमुक जी की होगी।'
लुत्फ़ का लुत्फ़, लिफ़ाफ़ा मुफ़्त।
5. गायक-वादक हैं तो रियाज़ के शोर से

पड़ोसी को बोर कीजिए।
विरोध करें तो 'चुप्पी फीस' वसूल कीजिए।
संयम का संयम, इनकम की इनकम।

6. नेता हैं 'हाई' फिर भी घास नहीं डालती कांग्रेस आई,
तो विरोधी गुट में घुस जाइए।
जनता की सेवा, मेवा की मेवा।

7. क्लर्क या बाबू हैं तो 'नियमानुसार' काम कीजिए,
ताश खेलिए, सिगरेट पीजिए।
मजलिस की मजलिस, सर्विस की सर्विस।

8. नहीं चलती वकालत तो 'असत्यमेव जयते' का
बोर्ड लगाकर सिर्फ झूठे मुकदमे ही लीजिए।
कानून में कील, स्पेशल वकील।

9. डॉक्टर हैं, तो ब्रह्ममुहूर्त में उठकर भजन गाइए।
'भेजो प्रभू नई बीमारी, कहाँ गए डेंगू (ज्वर) भाई!'
शिकायत की शिकायत, इबादत की इबादत।

10. खर्चे की कमी है तो रेल-बस लूटने की कला,
सीखने के लिए, लूटमार-हत्या प्रधान फ़िल्में देखिए।
फिलम की फिलम, इलम का इलम।

पोथी थोथी हो गईं, नहीं बन सके विज्ञ
काका के दस कूट पढ़, बनो कूटनीतिज्ञ
सियावर रामराज की जय!

मूर्ख तरंग

बुद्धिमान बनकर रहें, सदा उठाएँ दुक्ख,
बुद्धू बनकर जिएँ तो मिले सर्वदा सुक्ख।
मिले सर्वदा सुक्ख, न इसमें शंका कोई,
कह गए तुलसी बाबा, होनी हो सो होई।
मूरख बनकर एक वर्ष तो मौज कीजिए,
लाभ न हो तो, इसे छोड़ दल बदल लीजिए।

कुत्ते-बंदर या गधे, कभी न देखे त्रस्त,
इन पर राशनकार्ड नहिं, फिर भी हैं अलमस्त।
फिर भी हैं अलमस्त, लीजिए इनसे शिक्षा,
मिल जाए तो खायँ, माँगते कभी न भिक्षा।
नहीं समस्या गैस-सिलैंडर या चूल्हे की,
ना दहेज की फ़िक्र, न बीवी या दूल्हे की।

काका कवि से पूछते, कविवर श्री 'पाषाण',
कौन अधिक इस मुल्क़ में, मूरख या विद्वान।
मूरख या विद्वान, जाँच-आयोग बिठाया,
सर्वेक्षण-अधिकारी, सही आँकड़े लाया।
बुद्धिमान हैं बीस, मूर्खजी अस्सी पाए,
नहीं मानते इसे, कौन उनको समझाए।

ग

जैमिनी हरियाणवी

ग

जैमिनी हरियाणवी

अक्खड़ कवि हैं जैमिनी, हरियाणवी सपूत,
हँसी-हँसी में क्या कहा, कूत सके तो कूत।
कूत सके तो कूत, मंच माइक पर आएँ,
हँसते-हँसते श्रोता लोट-पोट हो जाएँ।
पत्नी बोली, 'तुम सीधे-से टीचर दिखते,
शर्म नहीं आती 'इस्त्री' पर कविता लिखते?'

पता : ए-57, सरस्वती विहार, दिल्ली 110034

हरियाणे की गोरी

गोरी म्हारे गाँव की चाली छम-छम,
गलियारा भी काँप गया, मर गए हम।
आगरे का घाघरा गोड्याँ नै भैड़ै,
चंडीगढ़ की चूनरी गालाँ नै छेड़ै।
जयपुर की जूतियाँ का पैरां पै जुलम,
गलियारा भी ...

बोरला, बाजूबंद, हार सज रह्या,
हथनी-सी चाल पै नाड़ा बज रह्या।
बोल रहे बिछुए, दम मारो दम,
गलियारा भी ...

घुँघटे ने जो थोड़ा-थोड़ा सरकावे,
सब तिथियाँ का चंद्रमा नज़र आवै।
सारा घूँघट खोल दे तो साधू माँगे रम,
गलियारा भी ..

प्रीत के नशे में चाली डट-डट कै,
चलती परी की पोरी-पोरी मटकै।
एटम भरे जोबन का फोड़ गई बम,
गलियारा भी ...

टाबर सारे गाम के पीछे पड़गे,
देखते ही युवकों के होश उड़गे।
बूढ़े-बूढ़े बैठ गए भरकै चिलम,
गलियारा भी ...

कूदण लाग्या मन मेरा, बिंध गया तन,
लिक्खण बैठ्या खूबसूरती का वर्णन।
कोरा कागज उड़ गया, टूटगी कलम,

गलियारा भी काँप गया, मर गए हम।
गलियारा भी ...

ग़ज़ल

आजकल पड़ती नहीं है कल मियाँ,
छोड़ ये दुनिया कहीं अब चल मियाँ।

रात बिजली ने परेशाँ कर दिया,
सुब्ह धोखा दे गया है नल मियाँ।

लग रही है आग, सोचे जाइए,
पास तेरे 'जल' नहीं तो जल मियाँ।

लाख वे उजले बने फिरते रहें,
कोठरी में उनके है काजल मियाँ।

आज ये दल, कल नया, परसों नया,
देश अपना बन गया दल-दल मियाँ।

आप पहले बाढ़ तो बुलवाइए,
बाद में हम ढूँढ़ लेंगे हल मियाँ।

'इंडियन हो-टल' का मतलब साफ़ है,
इंडियन यदि आप हो तो टल मियाँ।

दस समोसे खा के वे यह कह गए,
आज छोड़ो फिर मिलेंगे कल मियाँ।

जेबकतरे हो गए हैं क्या से क्या?
किस तरह छलके हैं देखो छल मियाँ?

ग़ज़ल की ग़ज़ल

टीले पे रेंकती है वो जो खर की ग़ज़ल है,
रैली में गूँजती वो मिनिस्टर की ग़ज़ल है।

सुनता रहा मजदूर वो मालिक की ग़ज़ल थी,
मालिक ने कर दी हूट ये नौकर की ग़ज़ल है।

दफ़्तर में उनके सामने बैठी हो, टाइपिस्ट,
दिल थाम के सुन लीजिए, अफसर की ग़ज़ल है।

हँस के जो सुनाया गया बीवी का गीत था,
रो-रो के पढ़ी ये किसी शौहर की ग़ज़ल है।

उनको मलेरिया है तो लेटे हैं खाट पर,
जिसका असर हुआ है वो मच्छर की ग़ज़ल है।

आटा नहीं तो पेट अपना गाने लगा है,
खाली पड़ा हुआ जो कनस्तर की ग़ज़ल है।

'टायर' के लेख छप रहे हैं पत्रिकाओं में,
रद्दी में फेंक दी है वो शायर की ग़ज़ल है।

दुलहन नई को छोड़ के दूल्हा चला गया,
जेठों की छेड़-छाड़ पे देवर की ग़ज़ल है।

हम छोड़ देंगे पार्टी कर लेंगे दल-बदल,
कुर्सी के लिए ये किसी लीडर की ग़ज़ल है।

क्या कहा ???

आप हैं आफ़त, बलाएँ क्या कहा?
आपको हम घर बुलाएँ, क्या कहा?

खा रही हैं देश को कुछ कुर्सियाँ,
हम सदा धोखा ही खाएँ, क्या कहा?

ऐसे-वैसे काम सारे तुम करो,
ऐसी-तैसी हम कराएँ, क्या कहा?

आज महँगाई चढ़ी सौ सीढ़ियाँ,
'चाँद' पर खिचड़ी पकाएँ, क्या कहा?

आप ताज़ा मौसमी का रस पिएँ,
और हम कीमत चुकाएँ, क्या कहा?

आपने पीड़ाओं की सौगात दी,
दर्द में भी मुस्कुराएँ, क्या कहा?

आपके बँगले, भवन, ये कोठियाँ,
झोंपड़ी अपनी उठाएँ, क्या कहा?

वे बहाते धन को पानी की तरह,
हम फ़क़त आँसू बहाएँ, क्या कहा?

राजधानी में डिनर और भोज हों,
पेट भूखा हम बजाएँ. क्या कहा?

क्यों उड़ाते हो ग़रीबों का मजाक?
हम भी दीवाली मनाएँ, क्या कहा?

ग़लतफ़हमी बनाम परिवार का मज़ाक

सरस्वती नाम की एक खुर्राट महिला
अपने लड़के 'आनंद' को
और दो लड़कियाँ– 'शांति और वंदना' को
साथ लेकर
पहली बार गई
देखने और सुनने कवि-सम्मेलन,
श्रोताओं का तो खूब हुआ मनोरंजन,
लेकिन ठप्प हो गया संचालन।
हुआ यूँ,
कि कवि-सम्मेलन आरंभ करने से पहले
संचालक ने एक घोषणा कर दी :
'भाइयो, अगर आप शांति के साथ नहीं बैठे
तो कवि-सम्मेलन नहीं चलेगा
और आनंद
न तुमको मिलेगा, न हमको मिलेगा।'

सुनते ही महिला के तन-बदन में लग गई आग
लेकिन चुप बैठी रही, कारण था शर्मो-लिहाज
लेकिन संचालक क्यों मानता
उस बेचारे को
इस ग़लतफ़हमी का पता भी क्या था
मंच के पास खड़े एक युवक से
वह कहने लगा,
'भैया, यहाँ मत खड़े हो
जाओ कुर्सी खाली है और शांति
के साथ बैठ जाओ।'
संचालक ने महिला धमकाई :

'माता जी,
आप शांति के साथ बैठिए।'

इस बार महिला से नहीं रहा गया
वह तमतमाती हुई खड़ी हो गई
और क्रोध से बोली :
'अरे ऊँट के ऊँट
माइक पकड़कर अकड़ रहा है।
तू मुझे बता दे
'शांति' के पीछे क्यों पड़ रहा है?'

इसके बाद मंच के पास खड़े
युवक को ललकारा :
'आ, तेरे में हिम्मत हो तो आ
तेरी माँ ने दूध पिलाया हो तो आ।
और शांति के साथ बैठकर दिखा!'

महिला बोली,
'बैठी हूँ
पर और किसी को नहीं बैठने दूँ।'
संचालक ने महिला समझाई :
'माता जी, आप अगर इसी तरह बोलती रहीं
तो कवि-सम्मेलन बिगड़ जावेगा
आनंद नहीं आवेगा।'

महिला को पुनः क्रोध आया :
'अरे घोंचू!
तू किसका बहकाया हुआ है?
'आनंद' तो आया हुआ है।'

अब महिला को
नज़र-अंदाज़ करके
कवि-सम्मेलन शुरू करने के इरादे से
संचालक ने दूसरी घोषणा की :
    'भाइयो, अब मैं कवि-सम्मेलन शुरू कराता हूँ
    और माँ सरस्वती की वंदना के लिए
    कवि जैमिनी हरियाणवी को बुलाता हूँ।'

इतना सुनते ही
महिला पुनः भड़की
अपने पाँव पीटती हुई
और संचालक को गालियाँ देती हुई
हाल से बाहर निकल गई :
    'तू कविसम्मेलन करावे है
    या हमारे परिवार का मज़ाक उड़ावे है?'

स्त्री बनाम इस्तरी

एक दिन
एक पड़ोस का छोरा
मेरे तैं आके बोल्या :
        'चाचा जी, अपनी इस्त्री दे द्यो'

मैं चुप्प
वो फेर कहण लागा :
        'चाचा जी, अपनी इस्त्री दे द्यो न?'
जब उसने यह कही दुबारा

मैन्नै अपणी बीरबानी की तरफ कर्‌या इशारा :
'ले जा भाई, यो बैठ्‌यी।'

छोरा कुछ शरमाया, कुछ मुसकाया
फिर कहण लगा :
'नहीं चाचा जी, वो कपड़ा वाली।'

मैं बोल्या,
'अरे तैन्नै दिखै कोन्या
या कपड़ा में ही तो बैठी सै।'

वो छोरा फिर कहण लगा :
'चाचा जी, तम तो मजाक करो सो
मन्नै तो वो करंट वाली चाहिए।'

मैं बोल्या,
'अरे बावली औलाद,
तू हाथ तो लगा के देख
य। करंट भी मार्‌यै सै।'

म

पद्मश्री डा. बरसानेलाल चतुर्वेदी

म

पद्मश्री डा. बरसानेलाल चतुर्वेदी

मथुरा में जन्मे मगर हैं 'बरसाने' लाल,
पूरे पैंसठ बरस के, गाल अभी तक लाल।
गाल अभी तक लाल, पद्मश्री पदवी पाएँ,
मनहूसों में हास्य-व्यंग्य की सुई लगाएँ।
बोली खड़ी होय, अथवा बैठी ब्रजभाषा,
करते रहें समृद्ध आपसे ऐसी आशा।

अता-पता 13/7, शक्तिनगर, दिल्ली 110007

सुपुत्र की पाती पापा के नाम

दफ्तर से घर लौटौ
चिरंजीव का पत्र मिलौ
जो विदेश में 'सैटिल' है गयो हो
माल पैदा कर रहो हो
वाने लिख्यौ हो–
'आप और 'मम्मी' जब यहाँ आए थे
बहू के कहने पर 'अंडे' भी खाए थे
मेरे बहुत कहने पर 'मटनचाप' का
भोग लगाया था,
पहले आपने कभी नहीं खाया था
उस दिन तो आपको बड़ा मजा आया था
आपने और 'मम्मी' ने पी थी 'रम'
बहुत कुछ आपका कम हो गया था गम।

लौटकर आप गंगास्नान को गए थे
कई दिन व्रत भी आपने किए थे।

मेरे अच्छे पापा
इस पत्र को 'सीरियसली' लेना।
यहाँ एक हवा चली है
पत्नियों से पिटने की होड़-सी लगी है
क्रिकेट के खेल की तरह 'रन' बना रहे हैं
पत्नियों से पिट-पिटकर
'सैंचुरी' बना रहे हैं।
सोसायटी में फिट होने के लिए

पिटना ज़रूरी हो गया है।
विश्वास करना 'डैडी'
ये 'स्टेटस सिम्बल' बन गया है
पत्नियों से जो पति मार नहीं खाते हैं,
'बैकवर्ड' कहलाते हैं।

डैडी, आप यह जानकर–
होंगे मुझसे सम्मत
आपकी बहू रोजाना
करने लगी है मेरी मरम्मत।

छोटे भाई रमेश की वाइफ
इतनी निकली 'स्मार्ट'
रमेश को पीट-पीटकर
बना लिया है एक 'चार्ट'
पत्नियों से पिटने वालों की
प्रतियोगिता होगी।

शील्ड उसी को मिलेगी
जिस परिवार में पिटने वाले
पतियों की संख्या
सबसे अधिक होगी।

राजपुरुषों द्वारा होगा सम्मान
आकाशवाणी तथा दूरदर्शन पर
परिवार का होगा गुणगान।

मेरे अच्छे लवली पापा
जल्दी भिजवाइए फ़ोटो चार

'मम्मी' जिसमें पीट रही हो
आपको बारम्बार।
तकिया से या बेलन से।

मम्मी यदि मान जाएँ डैडी
तो चप्पल वाले दो पोज भिजवाना।'

पढ़कर पत्र पिया कुछ पानी
आइने में अपनी शक्ल और अक्ल पहिचानी
'धीरज धर्म मित्र अरु नारी
आपति काल परखिए चारी'
हमारी मैडम सन् बीस का मॉडल हैं
'मेकअप' से चेहरा-मोहरा बना हुआ है,
वे दर्शन करके लौटीं
सुपुत्र का पत्र उन्हें दिखाया
पढ़ते ही रह गईं हक्की-बक्की।

मैंने मारा तुरुप का इक्का
बोलीं,
'ये नहीं है मेरे बस का।'
मैं बोला–
'मैडम, ठीक ही कहो हो
या उमरि में और कछु बस को नहीं
पर संतान की खातिर ये तो
करनो ही परैगो
संतान के लिए बड़े-से-बड़े
कौन-कौन-से काम नाहिं कर रह्यो?'

मुसकराकर बोलीं :

'चौबेजी, आज तक तुम पर कबहू
हाथ नांइ उठायो
पर, छोरा की जिद्द तो
रखनी ही परैगी।'

और वे चालू है गईं
फोटोग्राफर जी पहले से ही
मोर्चे पर डटे भए हे।
छोरा कूँ फोटो भेजकर
मन ऐसो खुश भयौ
मानो चढ़ी उमरि में
फिर ते छोरा भयौ।

काला चश्मा

कारे रंग वारो प्यारी चस्मा हटाई नैकि,
देखों तेरे नैन, नैन अपनी मिलाइकैं।
तेरे नैन देखिबे की भौत अभिलाष मोंहि,
सुनिलै अरज मेरी नेकि चित लाइकैं।
कमल-से कि मीन-से कि खंजन-से नैन तेरे,
एक है कि दोनों, नैकि देखों निहारिकै।
भैम भयो रानी कहूँ नांहि ऐंचातानी तू,
मोकों दिखाइ नैकि चस्मा हटाइकै।

होनहार बालक

'बड़ा लड़का क्या कर रहा है?'
बाल साथी ने मंत्री से पूछा।

वे मुसकराकर बोले :
'लंदन में शकरकंद पर
रिसर्च कर रहा है
पाँच वर्ष का सरकारी
स्कॉलरशिप है
तीन वर्ष हो चुके
दो वर्ष बाकी हैं...'

'छोटा लड़का क्या कर रहा है?'

'अजी वह भी कनाडा में
'अकल बड़ी कि भैंस'
पर रिसर्च कर रहा है।'

मैंने उन्हें बधाई दी :
'वाह-वाह!
बड़े होनहार बालक हैं आपके!
बलि-बलि जाऊँ ऐसे बाप के!'

दल-बदल बनाम पति-बदल

एक नेता दल-बदलकर घर लौटे
उन्हें पत्नी का पत्र मिला
जो कई महीनों से मैके गई हुई थी
लिखा था :
'रम्मो के चाचा, तुम्हारे साथ रहते-रहते
'बोर' हो गए
अब हमने राधेलाल जी से
दांपत्य-समझौता कर लिया है।
ये समझौता समान विचारों के
आधार पर किया है
कहा-सुना माफ़ करना
हमारे पति-बदल कार्य को
उसी प्रकार 'लाइटली' लेना
जैसे हम तुम्हारे दल-बदल
कार्य को लेती रही हैं।
भविष्य में दल-बदलो तो सूचित करना।
हम भी अपनी पति-बदल प्रक्रिया
से आपको अवगत करावेंगी।
तिजोरी की चाभी
बगल वाले कमरे के आले में रक्खी है
सेहत का ख्याल रखना
मंत्री बनते ही तार देना
हम हनीमून मनाने शिमला जा रहे हैं।'
नेता जी ने पत्र पढ़ा
माथा ठनका

सोचने लगे,
दल-बदल का एक दिन
ऐसा सुफल मिलेगा
कभी नहीं सोचा था।
उन्होंने उत्तर भेजा :
  'प्राणप्यारी जी, तुमसे ऐसी
  आशा नहीं थी,
  दल-बदल को इतना 'सीरियसली'
  नहीं लेना था
  तुम अब घर लौट आओ
  मैं भी पुराने दल में वापिस जा रहा हूँ।'

पत्नी ने चार पंक्तियों का उत्तर भेजा :
  'पल-पल में दल-बदल करते रहे हो
  एक दल में कुछ समय रहकर सूचित करना
  सहानुभूतिपूर्ण विचार करूँगी
  आम का अचार घड़े में रक्खा है
  उसे कभी-कभी पलटते रहना,
  हम तो इस चेंज से काफ़ी खुश हैं
  बड़े मौज से ज़िंदगी कट रही है
  सेहत का ख़्याल रखना
  आपकी भू.पू. पत्नी
  अब मिसेज राधेलाल।'

फुलझड़ियाँ

सर्वज्ञ

फिजिक्स के अध्यापक से
संस्कृत पढ़ाने को प्राचार्य ने कहा।
वे बोले :
　　'सर, ऐसे सर्वज्ञ तो मंत्री ही होते हैं।'

रस-परिवर्तन

थूककर चाटना
साहित्य में वीभत्सरस
माना जाता है
राजनीति ने उसे
शृंगाररस की मान्यता
प्रदान की है।

सहकारिता

रेडियो पर काम करते मोहनलाल काले,
साप्ताहिक के संपादक थे उनके साले,
काले के लेख छपते
साले के गीत गवते
दोनों की तिजोरियों में अलीगढ़ के ताले।

सींकिया पहलवान

बेकार है दूध, 'वर्थलेस' है घी
'हाट' और 'कोल्ड ड्रिंक' जमकर पी
'डाइटिंग' कर
हो पतली कमर
चाँटा कोई मारे तो कर ही-ही-ही।

म

माणिक वर्मा

म

माणिक वर्मा

माणिक जी, कविरत्न हैं, अजब अनोखा रंग,
गहराई को छू रहे, इनके तीखे व्यंग।
इनके तीखे व्यंग, गद्य में कविता कहते,
खंडवा में जन्मे थे, अब हरदा में रहते।
संगति और विसंगतियों को कूत रहे हैं,
हास्य-व्यंग में 'वाह-वाह' यह लूट रहे हैं।

अता-पता : शिवाजीगंज, हरदा (म.प्र.)

चार व्यंग्य कविताएँ

चरित्र

सब्ज़ीवाला हमें मास्टर समझता है
चाहे जब ताने कसता है
'आप और खरीदोगे सब्जियाँ!
अपनी औकात देखी है मियाँ!
हरी मिर्च एक रुपए की पाँच
चेहरा बिगाड़ देगी आलुओं की आँच
आज खा लो टमाटर
फिर क्या खाओगे महीना-भर?
बैंगन एक रुपए के ढाई
भिंडी को मत छूना भाई,
पालक पचास पैसे की पाँच पत्ती
गोभी दो आने रत्ती,
कटहल का भाव पूछोगे
तो कलेजा हिल जाएगा
ये नेताओं का चरित्र नहीं है
जो चार आने पाव मिल जाएगा!'

अवसरवादी

जिधर हवा बही उधर बहे
तूफ़ान के पहले जैसे खड़े थे
तूफ़ान के बाद भी वैसे खड़े रहे
इसलिए मैजॉरिटी में हैं
कल भी सत्तापार्टी में थे
आज भी सत्तापार्टी में हैं।

रक्षक बनाम भक्षक

पुलिस द्वारा बलात्कार
शहर में हाहाकार
दफा एक सौ नौ की दुहाई
प्रत्यक्ष गवाह की पिटाई
अभियुक्त बरी
हींग लगी न फिटकरी,
एक मसखरा बोला :
यार, भोला!
कुछ समझा या समझाएँ?
चरित्र-वरित्र का चक्कर छोड़
चल, पुलिस में हो जाएँ
अपने भाग्य भी सँवर सकते हैं।

कीर्तिमान

अख़बार की सुर्ख़ियों ने इसे पाला
इस खबर को खूब उछाला
एक अफ्रीकी युवक
पूरे बावन दिन साँपों के बीच रहा
दुनिया को आश्चर्य से भर गया
कौन-सा कीर्तिमान स्थापित कर गया?
हम तो पूरे पचास साल से
अजगरों में पल रहे हैं
जो प्रेमपूर्वक
अपने वोटरों को निगल रहे हैं!

आलोचक

एक दिन बड़े सकारे
एक आलोचक हमारे घर पधारे
हमने बड़ी श्रद्धा से उन्हें चाय पिलाई
चाय तो केवल एक बहाना था
हमें नई कविता सुनाना था।

कविता का शीर्षक था 'पूनम की रात'
कविता इस प्रकार थी :
'अंबर के पी रहसे
बाहर से, भीतर से
सहमी-सकुचाई-सी
कुछ-कुछ लजाई-सी
प्रीत की मनुहार पर
प्रीतम के द्वार पर
चंदा की डोली में
किरण के कहारों से
सजी हुई रात को
धरती के आंगन में
हौले स छोड़ दिया
अंबर का धरती से
फिर नाता जोड़ दिया।'

आलोचक ने मुँह बनाया
हमें गुस्सा आया
इतनी बढ़िया कविता सुनाई

ऊपर से तीन कप चाय पिलाई
मगर मुँह से वाह की आवाज़ तक नहीं आई।

हमने डंडा उठाया,
'बोल, दाद देगा कि नहीं?'

आलोचक बोला,
'बिलकुल नहीं,
ऐसी कविता बनाएगा
पहली पंक्ति में हूट हो जाएगा घोंचू!
अब तू और तेरे साहित्य के बारे में क्या सोचूँ।
क्यों बे! तेरी पत्नी ने तुझे नहीं सुझाया
पूरी कविता पढ़ दी
मगर इसमें पेटीकोट नहीं आया
कुलवधुओं पर कविता लिखता है
तुझको केवल माँग का सिंदूर दिखता है
अबे मंगलसूत्र के आस-पास दिखेगा
तो चुंबन पे कविता तेरा बाप लिखेगा!
हे अर्द्ध ब्रह्मचारी!
दीवार पर लगा 'दस्तक' फ़िल्म का पोस्टर देख लेता
पीठ फेरकर खड़ी हुई निर्वसन नारी
उसकी नकल तूने कविता में क्यों नहीं उतारी?
सीता कपड़े बेचकर बाज़ार में खड़ी है
तुझको साहित्य के शाश्वत मूल्यों की पड़ी है
दिमाग़ मत खा, कोई फड़कती हुई चीज सुना।'

हमने कहा,
'सुनिए, एक नए गीत का मुखड़ा देखिए–
'क्षितिजों ने सूरज को झील में डुबोया

साँझ हुई धनियाँ का मीत कहाँ खोया!'

वो बोले,
'तानसेन की औलाद, चुप हो जा
पहले बता ये धनियाँ किसकी गोरी है?
यह गीत है या भारत माँ की लोरी है?
इसकी पंक्ति-पंक्ति रोती है
सुनकर 'प्रसव' पीड़ा होती है
गीत और तुम!
वाह रे, नीरज की दुम!
अबे गीतों के चक्कर में आएगा
तो 'धर्मयुग' के हाशिए से उतर जाएगा
बोल बेटा, फिर किधर जाएगा?'

हमने कहा,
'गुरु मत बनिए,
एक वसीयतनामा सुनिए :
'आज की मोर पंखिया शाम
मैंने कर दी तेरे नाम।'

–'ये कविता आपकी है?
–हमने कहा, 'जी हाँ'
–'तो शाम आपके बाप की है
चाहे जिसके नाम कर दी?
यार, हद करते हो
धरती पर रहते हो
और आसमान पर हक़ जमाते हो।'
हमने कहा,
'गुरु,

'एक वियोग श्रृंगार का चित्रण देखिए
'गुलमोहर, गेंदा, गुलाब,
चंपा, टेसू, अमलतास,
कैक्टस, कचनार
हरी-हरी घास
सब तुम बिन उदास, उदास, उदास!'
बोले,
'शाबाश!
गूलर के फूल और जोड़ लो
यार, कमाल की कविता बना डाली है
तू कवि है या बगीचे का माली है?
सरकार ने राहत-कार्य खोला है
उसमें नाम लिखा लो
साहित्य में अच्छे-अच्छे कूड़ा डाल रहे हैं
तुम तो मत डालो!'

हमने कहा,
'गुरु, एक ताज़ा शेर सुनिए
'आप खिड़की तो खोलिए अपनी
धूप छत पर उदास लेटी है।'

'इसमें क्या खास बात हुई?
वह तो जवानी की धूप है
छत पर उदास लेटेगी ही
आपके पास क्या रखा है जो यहाँ बैठेगा?
तमीज की बात कर।'

हमने कमीज़ को उतारकर कहा,
'गुरु चाय तो पी ही चुके हो

अब दूध पीजिए
और एक पहलवान छाप कविता का
आनंद लीजिए
'लड़ ले अमीरी गर है दम
तुझको चित कर देंगे हम।'

बोले,
'अच्छा
कविता को भी लंगोट बँधवा दी
ताराबाई, सेंडो बना दिया
अबे, कविता जिस दिन ताल ठोंककर
मंच पर आएगी
तो सरस्वती हिंदुस्तान छोड़कर भाग जाएगी।
वो जो नदी किनारे ठूँठ खड़ा है
उस पर कविता बना
आशु कवि है तो इसी वक़्त सुना।'

हमने कहा,
'सुनिए,
'जिस रात तुम मुझे मिलती हो
वो रात परी हो जाती है
जिस ठूँठ को तुम छू लेती हो,
वो ठूँठ हरी हो जाती है।'

—'आपको तो अभी लिंग भेद का भी ज्ञान नहीं है
ठूँठ स्त्रीलिंग नहीं पुल्लिग है
कविता करना इतना आसान नहीं है
ऐसा लिखना था भैये,
'इस दौर के सदके जाएँ हम

खोटा भी खरा हो जाता है
जिस ठूँठ को तुम छू लेती हो
वो ठँठ हरा हो जाता है।'

मैंने कहा,
'गुरु, बात तो आपने सही कही है
मैंने बंगला देश पर एक सौ तीस कविता कही हैं।'

—'वाह रे वीररस के मवाली
बंगला देश पर भी कविता बना डाली
बेटा, दस कवि-सम्मेलनों में ये कविता सुनाएगा
तो ग्यारहवें दिन खुद बंगला देश हो जाएगा!'

मैंने कहा,
'गुरु, फिर आप ही बताएँ कैसा लिखूँ?
जो सस्ता माल बेचकर महँगे दाम पर बिकूँ?
खून थूकती मानवता को
साहित्य के सेनेटोरियम में धरूँ
या चाँदी के सलीब पर टँगी
कलम की तरह बेमौत मरूँ?
अपने-आपसे बगावत कर दूँ
या सरस्वती की माँग में मिट्टी भर दूँ?
किसके साथ 'झील के उस पार' जाऊँ
कि गुलशन नंदा की तरह हाथों हाथ बिक जाऊँ?'

बोले,
'बात राज़ की है
मेरे पास तो आ
मुझको ठंड लग रही है, मुझसे दूर तो न जा।'

प
शैल चतुर्वेदी

प

शैल चतुर्वेदी

शैल मंच पर चढ़े तब, मच जाता है शोर,
हास्य-व्यंग्य के 'शैल' यह, जमते हैं घनघोर।
जमते हैं घनघोर, हँसे बीवी संग बाबू,
मंत्री-संत्री-लाला-लाली हों बेकाबू।
'काका' का आशीष, विश्व में ख्याति मिलेगी,
बिना चरण 'चल गई' हजारों वर्ष चलेगी।

अता-पता : श्रीराम अपार्टमेंट, फ्लैट नं. 41-42 **चौथा माला, प्लाट नं.** 17, **फिल्म सिटी रोड, शुचिधाम, मलाड (पूर्वी), बंबई** 400097

चल गई

वैसे तो मैं एक शरीफ इंसान हूँ
आप ही की तरह श्रीमान हूँ,
मगर अपनी बाईं आँख से
बहुत परेशान हूँ,
अपने आप चलती है
लोग समझते हैं– चलाई गई है
जान-बूझकर मिलाई गई है।

एक बार बचपन में
शायद सन् पचपन में
क्लास में
एक लड़की बैठी थी पास में,
नाम था सुरेखा
उसने हमें देखा
और बाईं चल गई
लड़की, हाय-हाय,
क्लास छोड़ बाहर निकल गई।
थोड़ी देर बाद
हमें है याद
प्रिंसिपल ने बुलाया,
लंबा-चौड़ा लैक्चर पिलाया,
हमने कहा कि जी, भूल हो गई।
वो बोला,
'ऐसा भी होता है भूल में?
शर्म नहीं आती

ऐसी गंदी हरकत करते हो
स्कूल में!'
और इससे पहले कि
हकीकत बयान करते
फिर चल गई
प्रिंसिपल को खल गई।

हुआ यह परिणाम
कट गया नाम
बमुश्किल तमाम
मिला एक काम,
इंटरव्यू में, खड़े थे क्यू में
एक लड़की थी सामने अड़ी
अचानक मुड़ी
नज़र उसकी हम पर पड़ी
और आँख चल गई
लड़की उछल गई।

दूसरे उम्मीदवार चौंके
लड़की का पक्ष लेकर भौंके
फिर क्या था
मार-मार जूते-चप्पल
फोड़ दिया बक्कल
सिर पर पाँव रखकर भागे
लोगबाग पीछे, हम आगे
घबराहट में घुस गए
एक घर में
भयंकर पीड़ा थी सर में
बुरी तरह हाँफ रहे थे

मारे डर के काँप रहे थे
तभी पूछा उस गृहिणी ने :
    'कौन?'
हम खड़े रहे मौन
वो बोली :
    'बताते हो या किसी को बुलाऊँ?'
और उससे पहले
कि मैं जुबान हिलाऊँ
चल गई
वह मारे गुस्से के जल गई
साक्षात् दुर्गा-सी दीखी
बुरी तरह चीखी
बात की बात में
जुड़ गए अड़ौसी-पड़ौसी
मौसा-मौसी, भतीजे-मामा
मच गया हंगामा
चड्डी बना दिया हमारा पाजामा
बनियाइन बन गया कुर्ता
मार-मार बना दिया भुर्ता
हम चीखते रहे
और पीटने वाले हमें पीटते रहे
भगवान् जाने कब तक
निकालते रहे रोष
और जब हमें आया होश
तो देखा अस्पताल में पड़े थे
डाक्टर और नर्स
घेरे खड़े थे।

हमने अपनी एक आँख खोली

तो एक नर्स बोली :
    'दर्द कहाँ है?'
हम कहाँ-कहाँ बताते
और इससे पहले
कि कुछ कह पाते
चल गई
नर्स कुछ नहीं बोली
बाई गॉड!
मगर डॉक्टर को खल गई।
बोला :
    'इतने सीरियस हो
    फिर भी ऐसी हरकत कर लेते हो
    इस हाल में
    शर्म नहीं आती
    मोहब्बत करते हो अस्पताल में?'
उन सबके जाते ही
आया वार्ड बॉय
देने लगा अपनी राय :
    'भाग जाएँ चुपचाप
    नहीं जानते आप
    बात बढ़ गई है
    डाक्टर को गड़ गई है
    केस आपका बिगड़वा देगा
    न हुआ तो मरा हुआ बतलाकर
    ज़िंदा ही गड़वा देगा।'

तब रात के अँधेरे में
आँखें मूँदकर
खिड़की से कूदकर

भाग आए
जान बची तो लाखों पाए।
एक दिन सकारे, बाप जी हमारे
बोले हमसे :
    'अब क्या कहें तुमसे?
    कुछ नहीं कर सकते
    तो शादी ही कर लो
    लड़की देख लो
    मैंने देख ली है
    जरा हैल्थ की कच्ची है
    बच्ची है, फिर भी अच्छी है
    जैसी भी है, आख़िर लड़की है
    बड़े घर की है
    फिर बेटा,
    यहाँ भी तो कड़की है!'

हमने कहा :
    'जी अभी क्या जल्दी है?'
वे बोले :
    'गधे हो
    ढाई मन के हो गए
    मगर बाप के सीने पर लदे हो
    वह घर फँस गया तो सँभल जाओगे,
    खोटे सिक्के हो
    मगर चल जाओगे।'

तब एक दिन
भगवान से मिल के
धड़कता दिल ले

पहुँच गए रुड़की
देखने लड़की
शायद हमारी होने वाली सास
बैठी थी हमारे पास
बोली :
    'यात्रा में तकलीफ़ तो नहीं हुई?'
और आँख मुई चल गई
वे समझीं कि मचल गई
बोलीं :
    'लड़की तो अंदर है
    मैं लड़की की माँ हूँ
    लड़की को बुलाऊँ?'
और इससे पहले
कि मैं जुबान हिलाऊँ
आँख चल गई दुबारा
उन्होंने किसी का
नाम ले पुकारा और
झटके से खड़ी हो गईं
हमारे बाप जी का
सारा प्लान ही धो गईं।

हम जैसे गए थे लौट आए
घर पहुँचे मुँह लटकाए।

पिता जी बोले :
    'अब क्या फायदा
    मुँह लटकाने से
    आग लगे ऐसी जवानी में
    डूब मरो चुल्लू-भर पानी में

नहीं डूब सकते
तो आँख फोड़ लो
नहीं फोड़ सकते तो
हमसे नाता ही तोड़ लो
जब भी कहीं जाते हो
पिटकर ही आते हो
भगवान जाने कैसे चलाते हो।'

अब आप ही बताइए
क्या करूँ?, कहाँ जाऊँ?
कहाँ तक गुन गाऊँ
अपनी इस आँख के,
कमबख्त जूते खिलवाएगी।
लाख-दो लाख के
अब आप ही सँभालिए
म-म-म मेरा मतलब है
कोई रास्ता निकालिए,
जवान हो या वृद्धा
केवल एक लड़की
जिसकी एक आँख चलती हो
पता लगाइए
और मिल जाए तो
मुझे बताइए।

भ्रष्टाचार उवाच

हमारे लाख मना करने पर भी
हमारे घर के चक्कर काटता हुआ
मिल गया भ्रष्टाचार
हमने डाँटा, 'नहीं मानोगे यार!'

वो बोला, 'चलिए, आपने हमें यार तो कहा
अब आगे का काम हम सँभाल लेंगे
आप हमको पाल लीजिए
आपके बाल-बच्चों को हम पाल लेंगे।'

हमने कहा, 'माफ करो भाई,
हमें अपनी इ़ज़्ज़त प्यारी है।'

वो बोला, 'हमें पता है कि आप कवि हैं
और आपने कौन-सी पंक्ति
कहाँ से मारी है
कवि जी! कविता-फविता में क्या धरा है
आपको मालूम है न
कि मुक्तिबोध किस तरह मरा है!'

हमने पूछा, 'तुमने मुक्तिबोध को पढ़ा है?'
वो बोला, 'उसे कौन पढ़ेगा
जिसके 'चाँद का मुँह टेढ़ा' है
टेढ़े को सीधा करना हम ही जानते हैं,
नीचे से लेकर ऊपर तक

सभी हमारा लोहा मानते हैं
हमने बी.कॉम. को बेकाम
और बेकाम को बी.कॉम. बनाया है
दहेज का दानव
बेरोज़गारी की सूली पर
झूलता हुआ मानव
सत्ता की दाढ़ में अटका हुआ नंगा
मुरादाबाद का दंगा
संस्कृति का सीना चीरते हुए
बिल्ला और रंगा
ये सब हमारी ही माया है,
भारत और भ्रष्टाचार की राशि एक है
काश्मीर से कन्याकुमारी तक
हमारी ही देख-रेख है,
राजनीति हमारी प्रेमिका
और पार्टी औलाद है
आज़ादी हमारी बेटी
और नेता दामाद है।'
हमने कहा, 'ठीक कहते हो
दामाद चुनाव में खड़ा हो जाता है
और जीतने के बाद
उसकी उँगली छोटी
और नाख़ून बड़ा हो जाता है।
राजघाट पर कसमें खाता है
राज मिलते ही घाट को भूल जाता है,
जनता के आँसुओं से चरित्र की चादर सीता है
केवल अपने
और अपने परिवार के लिए जीता है
लेकिन भ्रष्टाचार जी!

आपके दामादों का भविष्य काला है
देखते रहिए
बस, तूफ़ान आने वाला है।'

वो बोला,
'तूफान आए या आँधी
अपना तो बस एक ही नारा है
भरो तिजोरी चाँदी की
जै बोलो महात्मा गांधी की!''

कब मर रहे हैं?

हमारे एक मित्र हैं
रहने वाले हैं रीवाँ के
एजेंट हैं बीमा के
मिलते ही पूछेंगे,
'बीमा कब कर रहे हैं?'
मानो कहते हों,
'कब मर रहे हैं?'
फिर धीरे से पूछेंगे, 'कब आऊँ?
कहिए तो दो फार्म लाऊँ
पत्नी का भी करवा लीजिए
एक साथ दो-दो रिस्क कवर कीजिए
आप मर जाएँ तो उन्हें फायदा
वो मर जाएँ
तो आपको फायदा।'

अब आप ही सोचिए

मरने के बाद
क्या फायदा और क्या घाटा?
एक दिन बाज़ार में मिल गए
हमें देखते ही पिल गए
बोले,
    'चाय पीजिए।'
हमने कहा,
    'रहने दीजिए।'
वे बोले,
    'पान खाइए।'
हमने कहा,
    'बस, आप ही पाइए।'

शाम को घर पहुँचे
तो टेबिल पर उन्हीं का पत्र रखा था
लिखा था,
    'फार्म छोड़े जा रहा हूँ
    सोच-समझकर भर दीजिए।
    प्रीमियम के पैसे
    बहिन जी से ले जा रहा हूँ
    रसीद उन्हें दे जा रहा हूँ।'

फार्म के साथ
प्रश्नावली भी नत्थी थी
फार्म क्या था
अच्छी-खासी जन्मपत्री थी।
हमने तै किया
प्रश्नों के देंगे ऐसे उत्तर
कि जीवन-बीमा वाले

याद करेंगे जीवन भर।
एक-एक उत्तर में झूल जाएँगे,
बीमा करना ही भूल जाएँगे।

प्रश्न था, 'नाम?'
हमने लिख दिया– 'बदनाम।'
–'काम?'
–'बेकाम।'
–'आयु?
–'जाने राम।'
–'निवास-स्थान?'
–'हिंदुस्तान।'
–'आमदनी?'
–'आराम हराम।'
–'ऊँचाई?'
–'जो होनी चाहिए।'
–'वजन?'
–'ऊँचाई के मान से।'
–'सीना?'
–'नहीं आता।'
–'कमर?'
–'सीने के मान से।'
–'कोई खराब आदत है?'
–'हाँ है;
    शराब, गाँजा, अफीम
    मीठा लगता है कडुवा नीम।'
'कोई बीमारी है?'
–'हाँ, दिल की
उधारी के बिल की

होती है धड़धड़ाहट
पेट में गड़गड़ाहट
माथे में भनभनाहट
पैरों में सनसनाहट
डॉक्टर कहता है– 'टी.बी. है।'
और सबसे बड़ी बीमारी
हमारी बीवी है।'
–'कोई दुश्मन है?'
–'हाँ, है
निवासी रीवां का
एजेंट बोमा का।'

भरकर भेज दिया फार्म
इस इम्प्रैशन में
कि भगदड़ मच जाएगी कारपोरेशन में
मगर सात दिन बाद
सधन्यवाद
पत्र प्राप्त हुआ :
    'आपको सूचित करते हुए
    होता है हर्ष
    कि आपका केस
रजिस्टर हो गया है इसी वर्ष।'

माँ पर गया है या बाप पर

(माताजी उवाच)

'बोल बेटा, बोल, क्या खाएगा
क्रीम रोल?'
'नहीं।'
'लड्डू गोल-गोल?'
'नहीं।'
'पापड़ खाएगा?'
'नहीं।'
'जानती हूँ
बाप पर गया है न– झापड़ खाएगा।'

(पिता उवाच)

'बोल बेटा, बोल, क्या खाएगा?
चॉकलेट?'
'नहीं।'
'आमलेट?'
'नहीं।'
'सेब-पपड़ी खाएगा?'
'नहीं।'
'जानता हूँ
माँ पर गया है न मेरी खोपड़ी खा[illegible]।'

ध

सुरेंद्र मोहन मिश्र

ध

सुरेंद्रमोहन मिश्र

गीतकार थे जिन दिनों, हो जाते थे हूट,
हास्य-व्यंग्य में घुस गए, मंच रहे हैं लूट।
मंच रहे हैं लूट, न इनके ठौर-ठिकाने,
'पुरातत्त्व' के चक्कर में, रहते दीवाने।
निजी स्वार्थ से अधिक इन्हें परमार्थ सुहाता,
मिश्रा जी हैं, कवि-कवयित्री के निर्माता।

अता-पता : डी-27, दीनदयालनगर, मुरादाबाद (उ.प्र.)

सात रस : दस उदाहरण

शृंगार रस

(1)

एक लेखक
लंबे समय तक पत्रिकाओं में
अपने लेख भिजवाते रहे
सभी लेख सधन्यवाद
वापिस भी आते रहे,
वे ही लेख लेखक ने
अपनी पत्नी के नाम से भेजे
तत्काल ही पिघल गए
संपादकों के कलेजे।

अब उनके लेख
सभी पत्रों में
पत्नी के नाम से ही निकल रहे हैं,
पारिश्रमिक के मनीआर्डर भी
हर महीने मिल रहे हैं
इसे शृंगाररस कहते हैं।

(2)

हमने
एक कवि-सम्मेलन के संयोजक को
अपनी स्वीकृति के साथ
एक नई कवयित्री का पता भी भेजा,
संयोजक ने उस पते को

प्रेम से अपनी डायरी में सहेजा
दूसरे ही दिन
हम पर क्षमा-पत्र आ गया
कवयित्री जी को
सम्मेलन का निमंत्रण भेजा गया
हमारे पाँच सौ रुपए भी
अस्वीकृत हो गए
कवयित्री जी के
एक हज़ार भी स्वीकृत हो गए
इसका क्या कारण है?
यह श्रृंगाररस का दूसरा उदाहरण है।

शांतरस

(1)
पति के
देर से घर लौटने पर भी
पत्नी ने
मारपीट नहीं की
केवल
कान मरोड़ दिया
थोड़ा-सा डाँटकर छोड़ दिया
इसे शांतरस कहते हैं।

(2)
एक अध्यापक ने
नकल करते हुए छात्र को पकड़ा
छात्र
याहियाख़ान की तरह अकड़ा

जेब से चाकू निकालने लगा
भौंहों पर बल डालने लगा
अध्यापक जी ने
पिस्टल और गोली निकाल लिए
याहियाख़ान ने
फौरन हथियार डाल दिए,
इसका क्या कारण है?
यह शांतरस का दूसरा उदाहरण है।

करुण रस

(1)
बंबई की चौपाटी पर
चतुर्वेदी चौखटराम
घूम रहे थे बेलगाम
टैरालीन के सूट में थे
कुछ रोमांटिक मूड में थे
सौंदर्य की अँगीठियों से
आँखें सेक रहे थे
एक चटपटी लड़की को
खास तौर से देख रहे थे
लड़की ने हँसकर बात कर ली
बिना परिचय के ही मुलाक़ात कर ली
एक होटल में बैठकर
चाय पी गई
आमलेट की
प्लेट पर प्लेट ली गई,
खा-पीकर लड़की चली गई
अब चौखटराम जी के सीने में
टूटा हुआ दिल था

मेज़ पर होटल का
सत्रह रुपए का बिल था,
एक इससे भी बड़ा अजायब था
उनकी जेब से
पर्स भी ग़ायब था
इसे करुणरस कहते हैं।

(2)
एक नेता जी ने
एक मोटे सेठ को फाँसा
कोटे और परमिटों का
देते रहे झाँसा,
धीरे-धीरे
नेता जी तो निहाल हो गए
पर सेठ जी कंगाल हो गए
नेता जी अब
विधानसभा में स्पीकर हैं
सेठ जी सिनेमा में गेटकीपर हैं
इसका क्या कारण है?
यह करुणरस का दूसरा उदाहरण है।

वीररस

(1)
एक फैंसी महिला को देखकर
एक सड़क-छाप मजनूँ
सीटी बजा रहे थे,
'रुक जा ओ जानेवाली रुक जा'
फ़िल्मी धुन में गा रहे थे
फैंसी महिला ने रुककर

निमंत्रण स्वीकार कर लिया
सड़क पर ही
मजनूँ जी का उद्धार कर दिया
दोनों चप्पलों से एक साथ प्रहार कर दिया
इसे वीर रस कहते हैं।
(2)
एक गायक
मंच पर पक्का राग गा रहे थे,
श्रोतागण बोर हो-होकर
तालियाँ बजा रहे थे।
ज्यों-ज्यों लोग
अंडे और टमाटर फेंकते थे,
त्यों-त्यों गायक जी भी
तेजी से रेंकते थे।
लोग उठ-उठकर जाते रहे,
गायक जी फिर भी गाते रहे;
श्रोतागण झख मार गए,
गायक जी से हार गए;
सारा पंडाल खाली हो गया
गायक जी फिर भी डटे रहे
इसका क्या कारण है?
यह वीररस का दूसरा उदाहरण है।

वीभत्स रस

एक विवाह का विज्ञापन
आ गया रंगीलाल 'रंगीला' की नज़र में,
बस विवाह का शौक सूझ गया
साठ साल की उमर में।
अपने को तीस साल का लिखकर

कर दिया विवाह का आवेदन
लड़की वालों की ओर से
स्वीकृति-पत्र भी आ गया
तीसरे ही दिन
पाँच आदमियों की बारात गई
घर पर बहू आई नई
रंगीला जी ने बड़े प्यार से
पत्नी का घूँघट खोला
तभी कहीं दूर कोई स्यार बोला।
मुहल्ले के कुत्ते रोने लगे
बिल्लियों के रोदन
और भी प्रखर होने लगे,
रंगीला जी का माथा ठनका
दुल्हन का एक-एक पैर
लगता था दस-दस मन का
घूँघट खोलते ही ग़ज़ब हो गया
सारा मामला ही अजब हो गया
पैंसठ इंच तो
दुल्हन की कमर का नाप था
इस पर तुर्रा यह कि
उसकी एक आँख का लेटर बक्स भी साफ़ था
बाल तो उसके
पेरिस के बने असली थे,
मगर दाँत सभी नकली थे।
रंगीला जी के हृदय की
गति थम रही थी
क्योंकि दुलहन की उमर
साठ साल से कम नहीं लग रही थी।
इसे वीभत्स रस कहते हैं।

रौद्ररस

एक कवि
मंच पर कविता सुना रहे थे
कविता में साले और सालियों का
मजाक उड़ा रहे थे
दुर्भाग्य से कवि की पत्नी भी
उपस्थित थीं कवि-सम्मेलन में
तत्काल ही युद्ध शुरू हो गया
लेखनी और बेलन में
पत्नी वहीं से चिल्लाई :
'ज़रा घर तो पहुँचो
वहीं निकालूँगी तुम्हारी कविताई!
मंच के कवि थे स्तब्ध
जनता सोई हुई भी जाग रही थी
कवि था आगे-आगे
पीछे पत्नी भाग रही थी
इसे रौद्र रस कहते हैं।'

कवयित्री सम्मेलन

बाँगला देश की तरह से
एक नया स्वतंत्र राज्य
बना था महिला देश
जिसके राष्ट्रध्वज में लहराते थे काले केश
वहीं से मिला था हमें
एक कवयित्री सम्मेलन में पधारने का आदेश।
पत्र पाकर हमारा मन खिल गया
क्योंकि एक कवि को
कवयित्री-सम्मेलन का निमंत्रण मिल गया।
महिला देश के स्टेशन पर
महिलाओं के झुंड देखकर
हमें हो गया अचंभा,
हम प्लेटफार्म पर ही खड़े हो गए
पकड़कर बिजली का खंभा;
यहाँ टी.टी. और गार्ड थीं उर्वशियाँ
कुलियों की जगह थीं सुकोमल मेनकाएँ
और पुलिस वाली थीं रंभा

कुछ नारियाँ हमें बदतमीजी से घूरे जा रही थीं
कुछ हमें देखकर सीटियाँ बजा रही थीं
एक पुलिसवाली
हमसे करने लगी ठिठोली
आँखें तरेरकर बोली :
'इस शहर में नए आए हुए लगते हो?
शायद कहीं से भगाए हुए लगते हो?
दस रुपए का नोट देकर ही निकलना होगा
नहीं तो सीधे कोतवाली चलना होगा।'

कोतवाली के नाम पर
हमारे छूट गए छक्के,
हमने एक की जगह
दो नोट दिए दस-दस के।
पुलिसवाली ने झुककर की नमस्ते
हमें लगा कि छूट गए सस्ते।

तभी कुछ देवियाँ
सम्मेलन का बिल्ला लगाए दिखाई दीं
हमने चैन की साँसें लीं
हमें चारों ओर से घेर लिया गया
स्वागतार्थ आई हुई
कवयित्रियों का परिचय दिया गया
एक वीररस की कवयित्री थीं कुमारी विद्रोहिनी
हमारे बार-बार मार रही थीं कोहनी।
एक करुण रस की कवयित्री थीं श्रीमती लीची
उन्होंने कम से कम तीन बार
हमारी कमीज़ पकड़कर खींची।
एक श्रृंगाररस की कवयित्री थीं
श्रीमती आलू बुखारा
उन्होंने हमारे हाथ पर हाथ मारा,
एक प्रयोगवादी कवयित्री थीं
श्रीमती चित्रा देवी 'विचित्र'
जबरदस्ती मलने लगीं चंपा का इत्र,
एक गीतों की सम्राज्ञी थीं
श्रीमती इमरती त्यागी
उन्होंने पान देने के बहाने से
हमारी उँगली दबा दी,

एक हास्य रस की कवयित्री थीं
श्रीमती देवदासी
पहलवान थीं अच्छी-खासी
हमसे बोलीं :
 'पंजा लड़ाएँगे?'

हमने सहमकर उत्तर दिया :
 'हम तो केवल कविता सुनाएँगे
 आप भी सुनें आज गौर से
 लड़ने के नाम पर केवल आँखें लड़ा सकते हैं
 वो भी आपसे नहीं; किसी और से।'

हमें पैदल ही शहर ले जाया गया
नगर-दर्शन करवाया गया
रास्ते में
एक बुजुर्ग कवयित्री ने हमें समझाया
कान में एक रहस्य बतलाया :
 'बेटा, कवयित्री सम्मेलन में
 तुम्हें अकेले नहीं आना चाहिए था
 साथ में अपनी मम्मी को लाना चाहिए था।'

यहाँ सभी नारियाँ सीना तानकर चलती थीं
अपने को श्रेष्ठ मानकर चलती थीं
नई उमर के लड़के
सहमे-सहमे-से खिड़कियों से झाँकते रहते
बूढ़े पुरुष दरवाज़े पर तंबाकू फाँकते रहते
नवयुवकों को बाहर निकलने की
सख़्त मनाही थी
कॉलेज केवल लड़कियों के होते

लड़कों की प्राइवेट पढ़ाई थी।
कुछ फॉरवर्ड परिवार के लड़के
लड़कियों के कॉलेज में भी दाख़िल कराए जाते
ऐसे सभी लड़के
बंद गाड़ियों में, बैठकर आते
प्रिंसिपल-रूम के बराबर में ही
लड़कों के लिए 'बॉयज़-रूम' होता
लड़कियों द्वारा छेड़े जाने पर
लड़का यहीं बैठकर रोता।
कवयित्री सम्मेलन
एक खुले मैदान में किया गया था
सारा खेत शामियानों से ढक दिया गया था,
सम्मेलन की प्रतीक्षा में
पाँच हज़ार महिलाओं का शोर बुलंद था
मंच के पास ही
पुरुषों का बाड़ा चारों ओर से बंद था।
जो नारियाँ सपरिवार सम्मेलन सुनने आई थीं
अपने पतियों पर दृष्टियाँ लगाए थीं,
कोई पत्नी अपने पति को
यदि स्त्रियों को घूरते हुए देख लेती थी
तो वहीं से घुड़क देती थी :
    'कैसे दीदे घुमा रहे हो?
    मंच तो सामने इधर है
    तुम्हारा ध्यान किधर है?'
पुरुष ऐसे सार्वजनिक अपमान
सहते डरते-डरते
फिर भी बेचारे अपनी पत्नियों के साथ रहते।

कवयित्री सम्मेलन आरंभ हुआ

कुमारी विद्रोहिनी ने सुनाई
पुरुषों के पक्ष की कविता
श्रीमती लीची ने गाई नारी के पक्ष की कविता,
जब आईं श्रीमती इमरती त्यागी
उन्होंने अपने गरिष्ठ गीतों से
आधी से अधिक जनता भगा दी।
जब आया चित्रादेवी 'विचित्र' का नंबर
तो सुनने वाले रह गए थे केवल पचास मेंबर।
सबसे अधिक सफल रहीं
श्रीमती आलू बुखारा
उनकी कविता का शीर्षक था–
 'तेरी नजरिया ने मारा।'

हर कवयित्री ने चार-चार पंक्तियाँ
हमको लक्ष्य करके भी पढ़ी थीं
ऐसा लगता था कि उसी दिन गढ़ी थीं
हम शर्म से ज़मीन में गड़े जा रहे थे
कवयित्रियों के दल हम पर ही कविता
पढ़े जा रहे थे।
कोई हमारे बालों का नाम 'कजरारा बादल'
धर रही थी
किसी-किसी को हमारी आँख घायल कर रही थी,
एक कवयित्री ने गीत गाया :
 'अब तुम्हारे बिना नींद कैसे आएगी?'
किसी श्रोता ने पंक्ति को आगे बढ़ाया :
 'नींद की गोली भिजवा दी जाएगी।'

कवयित्री सम्मेलन जनता के
भरपूर शोर के साथ समाप्त हुआ

हमें बिना कविता पढ़े ही पूरा पारिश्रमिक
प्राप्त हुआ।
इसके पश्चात्
हमें ठहराने के विषय को लेकर
दो कवयित्रियों में होने लगा झगड़ा
एक ने बेलन मारकर दूसरी को कर दिया लँगड़ा
कवयित्रियों के दो दल होकर एक-दूसरे पर
टूट लिए
हम मौक़ा पाकर वहाँ से फूट लिए।
तभी से हमने पत्नी के आगे गंगाजली उठा ली है
किसी भी कवयित्री सम्मेलन में
न जाने की कसम खा ली है।

गुमशुदा कवि के लिए विज्ञापन

(1)

मेरा पुत्र छदम्मीलाल
वल्द मौसम्मीलाल
उपनाम 'नायब' है,
पिछले तीन महीनों से ग़ायब है।
आँखों में भंग की लाली
मुँह में बीड़ी का धुआँ है
रंग गेहुआँ है।
जहाँ कहीं भी श्रोताओं का जमघट जुटता है,
कम-से-कम बीस कविताएँ सुनाकर उठता है।
कविता सुनाने की बीमारी
इसकी पुरानी है
बड़े-बड़े डाक्टरों को हैरानी है।
इसकी बीमारी में अब तक

कई सौ रुपए फुँके हैं,
दो बार आगरा और बरेली भी भेज चुके हैं,
राँची भेजने का ख़र्च कहाँ से लाएँ,
देश में पर्याप्त पागलख़ाने कहाँ हैं?
पागलख़ाने कम हैं, पागल ज़्यादा हैं,
इसलिए लोग कविता करने पर आमादा हैं।
जिन साहब को भी ये गुमशुदा कवि मिले,
इससे सावधान रहें;
भूलकर भी कविता सुनाने को न कहें।
पहले आपको किसी रेस्तराँ में ले जाकर
चाय पिलवाएगा
फिर अपनी ढेर सारी कविताएँ सुनाएगा।
रिश्तेदारों से प्रार्थना है,
इसको कोई गिफ्ट न दें,
इसकी चाय तो पी सकते हैं,
कविता सुनाने की लिफ्ट न दें।
थोड़े लिखे को ही बहुत समझ लें आप,
निवेदक :
'एक कवि का अभागा बाप।'

(2)

प्रिय भैया कवि!
तुम जहाँ भी हो वहीं रहना,
जो भी कष्ट पड़े अकेले सहना।
तुम्हारे जाने का किसी को दुख होगा,
यह सिर्फ़ मन की भ्रांति है,
जबसे तुम गए हो
घर में पूर्ण शांति है।
तुम्हारी बीमार माता,

अब सुखी जीवन जी रही है,
पत्नी दोनों वक़्त बौर्नविटा पी रही है।
तुम्हारे तीनों साले घर पर ही दंड पेल रहे हैं,
चारों बच्चे गली में गिल्ली-डंडा खेल रहे हैं।
उधारवाले दुकानदार ज़रूर घबरा गए हैं
कई बार घर के चक्कर भी लगा गए हैं।
इसलिए प्रिय भैया कवि!
तुम जहाँ कहीं भी हो वहीं रहना,
जो भी कष्ट पड़े अकेले सहना।
तुम्हारे जाने से फालतू कविता-प्रेमी
अवश्य दुखी हो गए हैं,
पर मुहल्ले के तो सभी लोग
सुखी हो गए हैं।
नोट :
    जो कोई इस गुमशुदा का
    पता हमें देगा,
    हमारे साथ दुश्मनी करेगा।
    जो इसे मनाकर
    घर ले आएगा,
    वो पुरस्कार नहीं दंड पाएगा।

(3)

हे मेरे बारह बच्चों के बाप!
तुम्हें लग जाए शीतला मैया का शाप।
पता नहीं आदमी हो या कसाई,
तुम्हें इस तरह जाते शर्म नहीं आई!
जाना ही था,
तो आधे बच्चे अपने साथ ले जाते
आधे दर्जन मुझे दे जाते।

पूरी प्लाटून, मेरे लिए ही छोड़ गए हो,
एक इंजन से बारह डिब्बे जोड़ गए हो।
जब कभी भी इनसे बहुत तंग हो जाती हूँ,
एक ही बात कह के डराती हूँ :

'नहीं मानोगे तो,
तुम्हारे बाप को वापिस बुलवा दूँगी,
उनकी ढेर सारी कविताएँ सुनवा दूँगी।'
बच्चे सहमकर चुप होने लगते हैं,
कुछ तो डरकर रोने लगते हैं।
इसलिए,
अगर तुम्हारी आँखों की,
पूरी शर्म न बह गई हो,
थोड़ी-सी भी बाक़ी रह गई हो,
तो कभी घर लौटकर मत आना,
ज़्यादा तुम्हें क्या समझाना?
चाहे जहाँ नाचो,
चाहे जहाँ गाते रहना,
मनिआर्डर हर महीने,
घर पर भिजवाते रहना।
तुम्हारे प्राणों की प्यासी–
श्रीमती सत्यानाशी।'

ध

सुरेश उपाध्याय

ध

सुरेश उपाध्याय

सीदा सादा बहुमुखी, प्रतिभावान सुरेश,
पाकर इसको धन्य है, भारत-मध्य प्रदेश।
भारत मध्य-प्रदेश, चुटकियाँ ऐसी लेता,
चुभते तीखे व्यंग्य, उछल पड़ते हैं नेता।
काका कवि का पुरस्कार आठवाँ पा गया,
चार चाँद लग गए प्रगति में, मजा आ गया।

अता-पता : कोठी बाज़ार, होशंगाबाद (म.प्र.)

लड़की की आधुनिक पसंद

मेरे अच्छे डैडी
मैं सच कह रही हूँ
मैं इस लड़के से शादी नहीं करूँगी
इससे तो बेहतर है
मैं पड़ौस के कुएँ में जाकर डूब मरूँगी।

आपसे किसने कह दी
कि यह मुझे भाता है
यह तो सज्जनों की तरह
टोपी लगाता है
मालूम नहीं पड़ता
कि इसके बाल दिलीप कट हैं
या टोपी के नीचे एकदम सफाचट हैं।

क्या आप चाहते हैं
कि मैं ज़िंदगी-भर रहूँ रोती
यह तो महात्मा गांधी की तरह
पहनता है ऊँची धोती
और उसके ऊपर जवाहरकट जाकेट है
मुझे इससे हेट है
आप मेरे डैडी हैं
अरे कुछ तो अपनी बेटी का ख़्याल कीजिए
मेरी शादी इस बावले भोलू से करवाकर
मत मेरी ज़िंदगी ख़राब कीजिए

यह तो बिल्कुल गँवार है चुकद्दम है
ऐसा लगता है
जैसे किसी गाँव का मुकद्दम है।
यह थियेटर, डांसिंग क्लब
या पार्टियों की ज़िंदगी जी नहीं सकता
धुएँ के छल्ले निकालना तो दूर
यह सिगरेट भी पी नहीं सकता।
सिनेमा घर कहाँ है यह नहीं जानता
यह किसी ऐक्टर तक को
नहीं पहचानता
फिल्मों के पोस्टरों को देखकर
अपनी नाक-भौं सिकोड़ता है
यह आज के ज़माने के
सारे नियम तोड़ता है।
मैं ज़िंदगी-भर
कैसे बनी रहूँगी इसकी
यह न ब्रांडी पीता है, न विह्स्की।

लोग जब रिश्वत ले-लेकर
भर रहे होंगे अपना खीसा
ऐसे में यह भगवान का भगत
पढ़ने को बैठ जाएगा हनुमान चालीसा।
हमेशा पैसे से अपना नाता तोड़ता है
भला घर आई लक्ष्मी को कोई छोड़ता है?
ईमानदार बनकर यह बदनाम हो जाएगा
मेरा तो जीना हराम हो जाएगा;
यह मेरी सहेलियों के आगे
मेरा सिर नीचा करवाएगा।
एकादशी और गणेश चतुर्थी पर करेगा उपवास

यह हर महीने सत्यनारायण की कथा करवाएगा।

डैडी, यह रोज़ सुबह चार बजे उठ जाता है
मेरा तो जी घबराता है
सुबह-सुबह उठकर
दिया जलाता है शुद्ध घी का
समझ में नहीं आता
कि यह कब सीखेगा ज़िंदगी का सलीक़ा
यह क्यों नही पहनता कोट, टाई और पैंट
डैडी, यह कैसे बन सकेगा
मेरा परमानेंट हस्बैंड।
इसे मॉडर्न बनाने के लिए
बिजली का शॉक देना पड़ेगा।
शादी हो गई तो–
एक दिन इसे तलाक़ देना पड़ेगा।

रात को जल्दी सो जाने की
इसे आदत है
और मुझे बारह के पहले
न चैन है, न राहत है।
मैं क्लबों की रौनक कही जाती हूँ
मेरी एक नज़र के लिए
न जाने कितने दिल बेचैन रहा करते हैं,
जिनकी साँसों में
नशे के सैलाब बहा करते हैं।
इसकी ज़िंदगी
ऐसे तौर-तरीके से रह नहीं सकेगी
शादी के बाद
हमारी पट नहीं सकेगी।

रोज़ की किच-किच होगी
और रोज़ का टंटा
और ऐसे में यह भगवान का भगत
रोज़-रोज़ करेगा पूजा
और ज़ोर-ज़ोर से बजाएगा घंटा।

डैडी, यह जीती-जागती महामारी है
यह आदमी थोड़े ही है
यह तो पुजारी है,
मैं इस पुजारी के चक्कर में
कभी नहीं पड़ूँगी,
मुझे तो अगर कोई
सच्चे अर्थों में आदमी मिलेगा
तो उससे शादी करूँगी।

हँसी के हाशिए

प्रतापी देश

लोग-बाग कहते हैं
परिवार-नियोजन ने
देश का कबाड़ा कर दिया
न जाने कितनी आत्माएँ
न जाने कहाँ-कहाँ भटक रही हैं
पीढ़ियाँ जीवन और मृत्यु के बीच
लटक रही हैं।

हमने कहा, 'शर्म नहीं आती,

भारतवासी होकर ऐसी बात करते हो
अपने इतिहास के साथ
विश्वासघात करते हो
महान् देश है यह
और महान् परंपराएँ हैं इसकी
इस देश में
परिवार-नियोजन कितना ही कर लो
आबादी बढ़ती जाएगी
परिवार-नियोजन के सारे उपकरण
असफल हो जाएँगे
ये वो धरती है
जिसकी उर्वरा शक्ति के प्रताप से
खेत में से सीता, कान में से कर्ण
घड़े में से अगस्त्य, खंबे में से नरसिंह
और जनता पार्टी में से
जगजीवनराम निकल आएँगे,
आप कहाँ-कहाँ हाथ लगाएँगे?
और हाथ लगाने की ज़रूरत भी नहीं है
इस देश की मिट्टी
नए-नए गुल खिलाती है।
यहाँ तो पाँव लगाने से
पत्थर की शिला, अहिल्या बन जाती है।

व्याकरण

पहली तारीख़ थी, तनख्वाह बाँटी जा रही थी।
वेतन देनेवाले ने
रजिस्टर खोला
मजदूर ज़रा जल्दी में था, इसलिए बोला,
    'साहब! मेरी वेतन जरा जल्दी दे दो।'

साहब ने आँखें तरेरी
बोले,
    'इतनी जल्दी भी क्या
    कि लिंग ही बदल दिया
    व्याकरण के हिसाब से बहो
    मेरी वेतन नहीं मेरा वेतन कहो
    इतना भी नहीं जानते
    कि वेतन शब्द पुल्लिग है
    इसके आगे 'मेरी' नहीं 'मेरा' लगेगा।'

मजदूर ने कहा,
    'साहब! लगता हो तो आप लगा लो
    अपन से नहीं लगता
    ऐसी व्याकरण
    अपनी समझ में खाक नहीं आती
    सौ रुपल्ली वेतन को
    पुल्लिग कहते हुए
    आपको जरा भी शर्म नहीं आती?'

शहर की हलचल

शहर में हलचल मच गई है
अच्छे-अच्छे बुद्धिजीवियों, समाजसेवियों और
साधु पुरुषों ने
अँधेरे बंद कमरे में जाकर
ज़हर पिया है
क्यों?
क्योंकि कल शहर की
एक संभ्रांत वेश्या ने
आत्मकथा लिखने का निर्णय लिया है।

दुख-दर्द का इलाज

शहर के एक नामी गुंडे ने हमसे सवाल किया :
'जनता पार्टी के सिपहसालार,
डूब गई तुम्हारी सरकार अब क्या करोगे?
क्या ज़हर पीकर मरोगे?
तुम्हारे दुख-दर्द का इलाज
बताओ किस दवाई में है?'
हमने कहा कि 'दुख-दर्द का इलाज तो तुम ढूँढो
हमारा तो छोटा भाई काँग्रेस आई में है।'

दफ़्तर का बाबू

दफ़्तर का एक बाबू मरा
सीधा नरक में जाकर गिरा
न तो उसे कोई दुख हुआ
न ही वो घबराया
यों खुशी में झूमकर चिल्लाया–
'वाह-वाह क्या व्यवस्था है, क्या सुविधा है,
क्या शान है? नरक के निर्माता तू कितना महान है!'
आँखों में क्रोध लिए यमराज प्रकट हुए
बोले,
नादान, दुख और पीड़ा का
यह कष्टदायी दलदल भी
तुझे शानदार नज़र आ रहा है?'
बाबू ने कहा, 'माफ़ करें यमराज!
आप शायद जानते नहीं
कि बंदा सीधे हिंदुस्तान से आ रहा है।'

गुमशुदा की तलाश

आज मेरा मन बड़ा उदास है
मेरा हँसना और मुसकुराना
कुछ कम हो गया है
मेरा भी एक बेटा था, वह गुम हो गया है
उसे गुमे एक महीना हो गया है
अभी तक किसी ने भी नहीं दिया है
मुझे उसका पता।

उसकी याद में मेरी आँखों की नींद
हराम हो गई है
मुश्किल हो गया है मेरा जीना,
वह केवल एक भाई अपनी बहिन का है
वह हमेशा बैलबौटम पैंट पहनता है
पुस्तकें पढ़ने का उसे चाव नहीं है
रामायण-गीता से उसे लगाव नहीं है
सूर या तुलसी के पदों को सुनकर
वह कभी खिल नहीं सकता
मेरा बेटा किसी स्कूल के पास
मिल नहीं सकता।

मेरा बेटा बड़ा राजा है
शायद किसी फड़ में विराजा है

वह बहुत चंचल है, शोख़ है
रमी खेलने का उसे बचपन से शौक है,
उसके दोनों कंधे
पतंग की डोर लपेटनेवाले हिचके-से हैं
भरी जवानी में उसके गाल पिचके-से हैं
फ़िल्मों के गीतों को वह हमेशा गाता है
वह इश्क का जनरेटर है
प्रेम की पोथी के पाठों को पढ़ाता है
पता नहीं कहाँ भटक रहा होगा
उसका हाथ
शायद किसी की जेब में अटक रहा होगा।

इस समय वह बहुत मजबूर होगा
मगर उसके मुँह में
एक पान का बीड़ा ज़रूर होगा
उसकी आँखों से आप उसे पहचान जाएँगे
लाल डोरी के रूप में
थोड़ा-थोड़ा शराब का सुरूर होगा
वह प्राण की सिगरेट के छल्लों की तरह
ज़िंदगी जी रहा होगा।

इस वक़्त विल्स
नहीं तो शेर छाप बीड़ी पी रहा होगा,
उसके चंचल नैन शत्रुघ्न सिन्हा की तरह
उबल पड़ते हैं
उसके माथे पर
अमिताभ बच्चन जैसे बल पड़ते हैं।
मेरा बेटा जहाँ कहीं भी होगा
वहाँ जवान लड़कियाँ तो ज़रूर होंगी

तब तो मेरा बेटा उन पर मर मिटा होगा
अपनी बदमाशियों और हरकतों के कारण
वह हर गली-चौरस्ते पर
चप्पलों से पिटा होगा।

क्या करूँ उसकी ऐसी ही आदत है
उसे लड़कियों की चप्पलों से मुहब्बत है
उसे पद्मिनी की फ़िल्मों से इश्क है
वह साधना की हेयर स्टाइल पर फिदा है
क्या करूँ,
आज वही लड़का मुझसे जुदा है।

भगवान,
किसी के बाप को न दिखलाए ऐसी बेकली
क्या पता,
वह किसी होटल में साफ़ कर रहा होगा प्लेटें
या ट्रेन में बेच रहा होगा मूँगफली।

मेरा बेटा जहाँ भी होगा
प्रसिद्ध तो हो ही गया होगा,
उसके नाम की
ज़रूर कोई छाप पड़ ही गई होगी
इस समय तक न जाने कितनी दुकानों की
उस पर उधारी चढ़ ही गई होगी!
वह बिना उधारी के जी नहीं सकता
मेरा बेटा है
नकद की चाय कभी पी नहीं सकता।

एक-दो रेजर की पत्तियाँ

उसकी जेब में ज़रूर होंगी
ताश के नई-नई जोड़ों पर
उसके हाथ खूब सधे हैं
वह उन लोगों को लूटने में माहिर है
जो आदमी हैं, मगर गधे हैं।
प्यारे बेटे,
मेरे दिल पर कितने घाव हो रहे हैं
इस घर के सभी आदमी
तुम्हारे लिए रो रहे हैं
अबे बदतमीज, अबे कंगाल!
इस पर भी अगर तू नहीं लौटा
तो उधेड़ दूँगा तेरी खाल!

मैंने उसकी पहचान आप लोगों को बता दी
लेकिन आपने शायद मुझे नहीं पहचाना
मत कहो कि मैं कोई आदमी विशेष हूँ
मेरे दोस्तो!
मैं एक बदनसीब देश हूँ।

o

जिसका नाम हिंदुस्तान है
जो अपने ऐसे बेटों के कारण बदनाम है
जिनका कोई ध्येय नहीं है
उद्देश्य नहीं है
हज़ारों और लाखों लड़के ऐसे निकम्मे हैं
न जाने कितने माँ-बाप
कितने भाई-बहिन
कितनी बहू-बेटियाँ जिनके ग़म में हैं।

बाढ़ की तबाही का मुआयना

(ज़िले के अधिकारियों द्वारा)

धार के साथ बहे जा रहे थे
नगर के आदमी, जानवर, मकान, झाड़ और
झंखाड़
नदी में आई हुई थी
ऐसी भयंकर बाढ़,
एक बड़ी नाव पर बैठकर
कलेक्टर साहब
अपने सहयोगी अधिकारियों के साथ
बाढ़ की तबाही का
मुआयना करने के लिए जा रहे थे,
दर्दनाक दृश्यों को देखकर
कोई घबरा न जाए
इसलिए दो-तीन डिप्टी कलेक्टर
सिनेमा के गाने गा रहे थे।

एक खूबसूरत और जवान लड़की
मँझधार में बहती हुई
मौत से लड़ रही थी
और अधिकारियों की झूमती हुई नाव
बस उसी तरफ़ बढ़ रही थी।
लड़की का गोरा रंग
बिजलियाँ गिराने को बेताब
मत्स्य उद्योग अधिकारी ने

उतार फेंकी अपनी नकाब
और कहा,
'लगता है कोई बड़ी मछली है
इसे बचाने का मन हो रहा है
गौर से देखिए
लहरों में जवानी का कैसा नर्तन हो रहा है
मैं अपना नायलोन का जाल फेंकता हूँ
बेचारी बच जाएगी।'

नाव में बैठे हुए
दूसरे अधिकारियों को पता नहीं था
कि उसकी इस ज़रा-सी बात से
पशुधन अधिकारी को आग लग जाएगी
वे कहने लगे,
'मछली साहब को हर जगह
मछली ही दिखाई देती है
और मछली है भी तो आपका क्या लेती है?
वो तो पानी का जीव है, पानी में रहेगा!
बाप रे! पानी में इतनी तड़पन, इतनी बेचैनी,
इतनी घुटन
दिल दया से पिघला जा रहा है
मुझे तो पानी में
कोई बड़ा जानवर नज़र आ रहा है।
ज़िले का पशुधन अधिकारी होने के नाते
यह मेरा कर्त्तव्य है कि मैं इसे बचाऊँ
इजाजत हो तो पानी में कूद जाऊँ।'

पशुधन अधिकारी
जैसे ही छलांग लगाने के लिए बढ़े

वन मंडलाधिकारी चिढ़े
बोले,
'क्या रखा है इन फालतू की बातों में
एक जानवर पानी में तड़प रहा है
और दूसरा मुस्कुरा रहा है आपकी आँखों में
आप किस जानवर की बातें कर रहे हैं?
और फिर वो तो
जंगली जानवर-सा प्रतीत हो रहा है
गाय थोड़े ही है
जो विनोबा का काम
अपने हाथ में ले रहे हैं
अब इसे बचाने के लिए
मुझे आगे आना ही पड़ेगा, लाचारी है,
क्योंकि वन्य प्राणियों की रक्षा की जिम्मेदारी
हमारी है,
जंगल की प्राण प्यारी संपदा,
तुम हमारे हाथों से ही बचोगी।'

थानेदार साहब सोच रहे थे
कि लड़की को बचाने की इच्छा
तो एस.पी. साहब के मन में भी होगा
कहीं वे ही आगे न आ जाएँ
और हमारा मन पछताता रहे
लड़की को बचाने का यह सुनहरा मौका
हमारे हाथ से जाता रहे।
ऐसा सोचते हुए
उन्होंने नाव में ही खड़े होकर सैल्यूट मारा
थानेदार की इस हरकत को
भला एस.पी. साहब कैसे करते गवारा?

बोले,
'आपने थाने में
बहुत-सी लड़कियाँ बचाई हैं
एकाध को तो छोड़ो!
मुझे नहीं मालूम था
कि परोपकार का नशा
आप पर भी चढ़ जाएगा
मुश्किल तो मेरी होगी
जब ज़िले में बलात्कार का एक केस और
बढ़ जाएगा
खैर! हम अपने ट्रांसफर को भी
दाँव पर लगाए देते हैं।'

एक्साइज़ आफीसर ने कहा,
'सर! आप हमें
किस बात की सजा देते हैं।'
इस हसीन लड़की ने
सबके दिलो-दिमाग़ पर
चढ़ा दिया है एक ऐसा नशा
कि नाव में बैठा हुआ कोई नहीं बचा
सांसों में महुए की सुगंध
आँखों में अफीम की खेती
गालों पर गांजे की कली
होंठों पर चरस के गीत का रंग
भौंहों में भंग की तरंग
नशे का बेमिसाल अफसाना है
हुजूर, ये लड़की नहीं मयख़ाना है
इससे सरकार की आय बढ़ सकती है
आप कहें तो इसे दुकान का लायसेंस दे दूँ

और इसे बचाने की जिम्मेदारी अब मैं ले लूँ।'

इंजीनियर साहब ने कहा,
'ठहरो'
उन्हें शायद सबसे ज़्यादा पश्चात्ताप हो रहा था,
बोले,
'ग़लती मेरी है, सज़ा मुझे मिलनी चाहिए
मेरे ही कारण यह बाँध टूटा है
तभी न सारे
शहर का नसीब फूटा है।
अब इस सुंदरी को बचाने की कोशिश में
मुझे ही मरने दीजिए
पाप जब मैंने किया है
तो प्रायश्चित्त भी
मुझे करने दीजिए।'

इसके पहले
कि दूसरा कोई कुछ बोले
म्यूनिसिपल प्रेसीडेंट ने
अपने नेत्र खोले
कहने लगे,
'मेरी भी कैसी मति फिरी है
अरे, यह तो अपनी सुंदरी है
रामलीला में
कई बार
सीता का रोल किया है।'
किसी ने फिकरा कसा–
'आपने इसे पहचानने का
बढ़िया उदाहरण दिया है।'

वे बोले,
'तुम चुप रहो
नगरपालिका अध्यक्ष होने के नाते
यह हमारा कर्त्तव्य है
कि हम इसे बचाएँ
नगरवासियों की समस्या को
सुलझाना ही तो
हमारा फ़र्ज है।'

कालेज के प्रिंसिपल
एकदम तैश में आकर बोले,
'तो क्या आप समझे हैं
कि आपके शहर का प्रिंसिपल
एकदम ख़ुदगर्ज़ है?
क्या नाम बताया आपने
सुंदरी
एम.ए. अर्थशास्त्र की छात्रा
लालसाप्रसाद जी की बेटी
मेरे ही कालेज में पढ़ती है
पड़ौस में
दो घर छोड़कर रहती है
अब इसे बचाने के लिए
मैं ही आगे आऊँगा
प्रिंसिपल और पड़ौसी होने का
पूरा फ़र्ज निभाऊँगा।'

एक अधिकारी महोदय
उठकर खड़े हो गए
बोले,

'क्यों साहब,
प्रिंसिपल और पड़ौसी होने के संबंध
आप ही क्यों बनाएँगे
पब्लिक रिलेशन ऑफीसर हम हैं
तो डूबती हुई इस कन्या से
हम ही रिलेशन बनाएँगे।'

सिविल सर्जन साहब ने कहा,
'मर जाने के बाद
क्या खाक रिलेशन बनाएँगे!
देख नहीं रहे हैं
लड़की को तत्काल मदद की ज़रूरत है
इसलिए मैं किसी से भी
कुछ नहीं पूछ रहा हूँ
स्टैथिस्कोप और सिरिंज हाथ में लेकर
मैं तो पानी में कूद रहा हूँ।'

ज़िले के कर्त्तव्यनिष्ठ और वफ़ादार
अधिकारियों की चर्चा
कलेक्टर साहब
बड़े ध्यान से सुन रहे थे
एकाएक उनकी आँखें हो गईं लाल
और बोले कि
'आप लोग भी करते हैं कमाल
हम क्या यहाँ भाड़ झोंकने के लिए आए हैं।
हमारे रहते हुए
नई पीढ़ी असमय में दम तोड़े
यह कैसे हो सकता है!
और आप लोगों से भी ज़्यादा

प्यारा हमारे लिए
और कौन हो सकता है?'
इसलिए ऐसे रिस्क
हम किसी को भी नहीं लेने देंगे
इस ज़िले के अच्छे और बुरे के जिम्मेदार
हम हैं
कन्या को बचाने का प्रयास हम करेंगे
ताकि बाद में लोग-बाग
यह तो नहीं कहेंगे
कि कलेक्टर साहब
बाढ़ की सैर करने के लिए आए थे
कहिए जज साहब, आपका क्या विचार है?
आप अपना निर्णय सुनाएँ।'

जज साहब को बोलने के लिए तत्पर देखकर
वकील साहब ने कहा,
'जिरह तो आपने सुनी ही नहीं सर,
फ़ैसला क्या खाक सुनाएँगे
आप ज़रा दो मिनट ठहरिए
तब तक हम अपने मुवक्किल का
बयान ले आएँगे।'

बातें होती रहीं
नगरवासियों की तकदीरें रोती रहीं
बदहवास जानवर हाँफ रहे थे
मौत के ठंडे साए में
शहर के लोग काँप रहे थे,
जड़ और चेतन सब परेशान
बस्ती की जगह मुस्कुरा रहा था एक श्मशान

तभी अचानक आकाश में
हैलीकाप्टर की आवाज़ सुनाई दी
और नाव में बैठे अधिकारियों ने
बाढ़ के निरीक्षण को पधारे नेता जी को
हैलीकाप्टर से नदी में छलांग लगाते हुए देखा
अधिकारियों की पूरी टोली
सुंदरी को हथियाने के जोश में थी
मगर अगले ही क्षण लोगों ने देखा
कि किसी को भी अपने आकर्षण की
गिरफ्त में लपेट लेने वाली
पैंतीस साल की वह सत्ता-सुंदरी
नेताजी की आगोश में थी।

नि

सूँड़ फैजाबादी

नि

सूंड़ फैजाबादी

शक्ल अक्ल को देखकर, दर्शक गण हैरान,
'सूँड़' कहाते आप क्यों, हैं पूरे इंसान।
हैं पूरे इंसान, आप जब इन्हें बुलाएँ,
संचालक सौ टंच, मंच को सफल बनाएँ।
छेड़-छाड़ करने वाले कवि, इनसे कटते,
हैं पूरे हाज़िर जवाब, नहिं पीछे हटते।

अता-पता : 63 कुर्मी टोला, आजमगढ़ (उ.प्र.)

कटिंग

समाचारों की हैडिंग से एक कविता का उद्भव

बहू ने सास का गला घोंटकर मार डाला
समाजवाद बलिदान माँगता है
        पुलिस के कार्यों की सराहना
        एक रात में बारह चोरियाँ।
लकड़बग्घे का आतंक
राष्ट्रपति काठमांडू पहुँचे
दो दलों में जमकर लाठियाँ चलीं
गांधी शती का शुभारंभ।
        परिवार नियोजन सप्ताह संपन्न
        महिला ने एक साथ चार बच्चों को जन्म दिया
65 मन नेपाली गांजा पकड़ा गया
साधु-समाज सम्मेलन स्थगित।
मंत्री महोदय का आगमन
हैजे का भीषण प्रकोप
विरोधी दलों के मनसूबे ध्वस्त
मुहर्रम सकुशल संपन्न।
        प्रायः सभी विरोधी नेता पराजित
        एक को फाँसी चार को आजीवन कारावास।
        दिल्ली की सभी सीटों पर
        सत्तारूढ़ दल का कब्ज़ा
        चकबंदी अधिकारी की धाँधली।
श्रीमती तारकेश्वरी सिन्हा पराजित
अंधों ने मतदान किया
        अनेक विरोधी नेता भूमिगत
        बंबई हाई में खुदाई जारी।

शिक्षा में आशातीत उन्नति
छात्र के झोले से बम बरामद
नगरपालिका का सफ़ाई अभियान
बाज़ार से साबुन ग़ायब
          डाकुओं ने पूरे परिवार को मार डाला
          परिवार नियोजन की नई योजनाएँ।
शिवाजी की भवानी तलवार कहाँ गई?
मलेरिया फिर लौट रहा है।
          प्रसाद खाने से 14 मरे 43 बेहोश
          भक्ति-भजन ही स्वर्ग की सीढ़ी है
बच्चों के ताकत की दवा
शेर छाप बीड़ी पीजिए
          मिर्गी का शर्तिया इलाज
          पंजे पर मुहर मारिए।

गाँव के कुत्ते

हे मेरे गाँव के परमप्रिय कुत्ते
मुझे देख-देखकर चौंकते रहो
और जब तक दिखाई पड़ूँ
भौंकते रहो, भौंकते रहो, मेरे दोस्त
     भौंकते रहो
इसलिए कि मैं हाथी हूँ
गाँव-भर का साथी हूँ
बच्चे, बूढ़े, जवान सभी छिड़कते हैं जान
मगर तुम खड़ा कर रहे हो विरोध का झंडा
     बेकार का वितंडा।
अपना तो ऐसों-वैसों से कोई वास्ता नहीं
'परिश्रम के अलावा कोई रास्ता नहीं'

इसलिए मैं हूँ पूजनीय-वंदनीय
मेरा सम्मान है, मर्यादा है
क्योंकि मेरी 'दूरदृष्टि है पक्का इरादा है',
और तुम ढूँढ रहे हो कौरा
कौरे के लिए दौरा।
हाय रे मुफ़्तख़ोरी पहरे के नाम पर चोरी
बिलकुल वाहियात हो, रीते हो
आदमियों से भी गए-बीते हो
कई बार सजाएँ मिलीं तुम्हें कड़ी-कड़ी
मगर कुत्ते की पूँछ मुड़ी की मुड़ी
सुना है तुम्हारी जबान में अमृत बसता है
फिर ज़हर क्यों बो रहे हो?
मैं तो हँस रहा हूँ, तुम रो रहे हो।
भौंक-भौंककर क्या कर पाओगे
कुत्ते की मौत मर जाओगे
अपने गाँव के प्रति वफादार बनो
अपनों से प्यार करो
तुम्हारी तरह कितने लोग
बेकार के चक्कर में चौंकते रहते हैं
हाथी चला जाता है
कुत्ते भौंकते रहते हैं।

जनता स्टोर

बड़ा शोर है बड़ा शोर है
जनता स्टोर है
चुनावों में भारी छूट
बाकी दिन लूट ही लूट
चले आइए चले आइए मेहरबान
यहाँ सब कुछ मिलेगा
पुलिस से डंडा तक
डंडा से गुंडा तक
गुंडा से पंडा तक
पंडा से झंडा तक
झंडा से अंडा तक
आइए सस्ते मजबूत टिकाऊ नेता खरीदिए
साथ में बारह चमचे मुफ़्त ले जाइए
चले आइए चले आइए, बड़ा शोर है...
जनता से शासन तक
शासन से भाषण तक
भाषण से राशन तक
राशन से निष्कासन तक
निष्कासन से इंद्रासन तक
समग्र क्रांति कीजिए, दंगे कीजिए लफंगे लीजिए
दस बीस रेल दुर्घटनाएँ मुफ़्त लीजिए
चले आइए चले आइए, बड़ा शोर है...
जातिवाद से दलबंदी तक
दलबंदी से गुटबंदी तक
गुटबंदी से चकबंदी तक
चकबंदी से नसबंदी तक
नसबंदी से नशाबंदी तक

नशाबंदी से नाकेबंदी तक
आइए गोरखधंधे ख़रीदिए
तिकड़म की चाय पीजिए
समाजवादी समोसे खाइए
योजनाओं की चटनी मुफ्त ले जाइए
चले आइए, चले आइए, बड़ा शोर है...
असम से दिल्ली तक
चूहे से बिल्ली तक
खंडे से किल्ली तक
चाँद से चरन तक
जगजीवन से घरभरन तक
सुंदरकांड से सीताहरण तक
कोई भी कांड लीजिए, लीपापोती मुफ़्त मिलेगी
चले आइए, चले आइए, बड़ा शोर है ...
चोकर से आटा तक
लाभ से घाटा तक
ज्वार से भाटा तक
टाटा से बाटा तक
फूल से काँटा तक
चुंबन से चाँटा तक
चले आइए दिल फेंक फ़क़ीर लीजिए
नंगी तस्वीर लीजिए
हरी रूमालवाला जोकर मुफ़्त ले जाइए
चले आइए, चले आइए, बड़ा शोर है ...
फाइल से फ़ीताशाही तक
फ़ीताशाही से तानाशाही तक
तानाशाही से नौकरशाही तक
नौकरशाही से बादशाही तक
आइए बड़े-बड़े अफसर खरीदिए

दावत तवाजा अवसर लीजिए
अपना काम बनाइए
पोलसन का डब्बा मुफ़्त ले जाइए
चले आइए, चले आइए, बड़ा शोर है...
मीसा से प्रचार तक
प्रचार से व्यभिचार तक
व्यभिचार से अत्याचार तक
अत्याचार से मनुहार तक
आइए रेडीमेड कवयित्री लीजिए
साथ में कोकशास्त्र मुफ़्त ले जाइए
चले आइए, चले आइए, बड़ा शोर है....
रोग से भोग तक
भोग से वियोग तक
वियोग से संयोग तक
संयोग से आयोग तक
आइए कोई भी बीमारी लीजिए साथ में दो नर्सें
मुफ़्त ले जाइए,
चले आइए, चले आइए, बड़ा शोर है बड़ा ...
किस्म-किस्म के सामान
भोजन से जलपान तक
हाजी मस्तान से
हनुमान तक
हनुमान से धूम्रपान तक
धूम्रपान से सुरापान तक
और फूलन से शूलन तक
आइए स्वास्थ्य बनाइए
चले आइए, चले आइए, बड़ा शोर है.....

बीवी बनाम प्रेमिका

मेरा एक मित्र है
स्वभाव से विचित्र है
उसे लोग राजपत्रित मूर्ख कहते हैं
उसकी सबसे बड़ी मूर्खता यह है कि
वह अपनी बीवी से मुहब्बत करता है
भला बताइए
बीवी भी कोई मुहब्बत की चीज़ है!
वह तो घर की मुर्गी है
जब चाहिए साग बनाइए
मुहब्बत तो किसी फ़िल्म वाली से होती है
हुस्नवाली से होती है
अथवा साली से होती है
कभी-कभी अड़ोस-पड़ोस में भी चल जाती है।

उसे क्या मालूम मुहब्बत से ज़िंदगी में
रोमांस रहता है
आदमी एडवांस रहता है
पर्सनैलिटी बनी रहती है
बॉडी तनी रहती है।
मुहब्बत के बिना जिंदगी बिना नमक की दाल है
बिना तेल की मशाल है
बीवी तो माँ-बाप की पसंद है
जहाँ प्यार का द्वार एकदम से बंद है।
बीवी सुनियोजित बवाल है
प्रेमिका तस्करी का माल है
बीवी पथ का संत्रास है
और प्रेमिका 'बाई पास' है।

बीवी जेबकतरा है, एक्सीडेंट है
प्रेमिका बार है, रेस्टोरेंट है
बीवी ज्वलनशील, प्रेमिका घुलनशील
बीवी नीम चढ़ा करेला है
प्रेमिका मधुर मुख स्वाद है
बीवी सत्यनारायण की कथा है
प्रेमिका प्रसाद है
इसीलिए कह रहा हूँ
अबे घामड़ घोंचू
अकल के चूँ-चूँ
बीवी की मुनीमी छोड़
मोहब्बत का महाजन बन जा
ग़ज़ल के शेर निकाल
बेकार के भजन मत गा,
अपनी प्रेमिका के लिए
रोज-रोज मिटा कर,
आठवें-दसवें दिन
गलियों में पिटा कर!

नि

हुल्लड़ मुरादाबादी

नि

हुल्लड़ मुरादाबादी

श्रोताओं को हँसाते, खुद रहते गंभीर,
कैसेट इनका बज रहा वहाँ लग गई भीर।
वहाँ लग गई भीर, खींचते ऐसे खाके,
सम्मेलन हिल जाए, इस कदर लगें ठहाके।
छोड़ मुरादाबाद, ओढ़ बंबई की चादर,
इल्मी होते हुए, ढूँढ़ते फ़िल्मी ऑफ़र।

अता-पता : 2 पंचशील कालोनी, सिविल लाइंस, मुरादाबाद (उ.प्र.)

दहेज न लेने वाला गधा

एक कवि सम्मेलन में
जब हमने गंभीर गीत गुनगुनाया
तो मंच से
एक खूबसूरत कवयित्री का स्वर आया
'कृपया हास्यरस की सुनाइए
बहुत हो चुका
अब अपनी औकात पर आ जाइए।'
मैंने कहा,
'कैसे सुनाएँ?
हास्य जब अपने जीवन में नहीं है
तो उसे कविता में कैसे लाएँ?'
वो बोली,
'आप तो मौत पर भी
रचनाएँ सुनाते हैं
क्या कभी मर के भी दिखाते हैं?'
मर-मर के जी रहे हैं
भावना के घावों को
कविता के धागों से सी रहे हैं
लेकिन आप कहें तो
यहीं प्रयोग करके दिखाएँ
ऐतराज न हो तो
आप पर ही मर जाएँ।'
वो बोली,
'हट मरे'
और उठकर चली गई

लेकिन अपनी किस्मत छली गई।
श्रोताओं में
हमारे होने वाले ससुर भी बैठे थे
उन्होंने गुस्से में कहा,
'तो आप
यहाँ मर रहे हैं मिस्टर मुरादाबादी!
अच्छा हुआ जो आपने
अपनी असलियत बता दी।
किसी गधे से कर दूँगा पर आपसे
नहीं करूँगा अपनी लड़की की शादी,
मैंने कहा,
'सोच लीजिए, बाद में पछताएँगे
लौटकर मेरे ही पास आएँगे
इस अर्थ-पिशाच समाज में
दहेज न लेने वाला
गधा कहाँ से लाएँगे।'

नौजवान पागल

एक नौजवान पागल
जब पागलख़ाने से ठीक होकर आया
तो उसके माँ-बाप ने
बहुत आनंद मनाया
नौजवान ने महसूस की
तेजी के साथ बढ़ती हुई
ग़रीबी की बीमारी
महँगाई की चक्की में
पिसते हुए नर-नारी
हर तरफ फ़रेब, बलात्कार और हत्याएँ

शर्मिंदा होती हुई कुरान की आयतें
और वेदों की ऋचाएँ,
सिसकती हुई इंसानियत
बिलखता हुआ विश्वास,
खून के आँसू रोता हुआ
देश का इतिहास।
उसने सोचा, क्या ज़माना है।
इससे अच्छा अपना पागलख़ाना है।

यहाँ अपमान के अलावा
अपना कहने वाला कोई नहीं
भीगी-भीगी आँखें कई रात सोईं नहीं
उसकी छोटी बहन की हुई शादी
और दहेज के अभाव में
पति ने ठीक रक्षाबंधन के दिन
उसकी चिता जला दी,
उसे यह सदमा कचोट गया
और वह ख़ूनी कलाई लिए
फिर से पागलख़ाने लौट गया।

आत्मसमर्पण बनाम नेता

एक नेता से हमने कहा,
'दस्युराज मलखान
एवं दस्युरानी फूलन ने
आत्मसमर्पण कर दिया
आप कब तक करेंगे?'
वो बोले,
हम डाकू नहीं हैं
जो आसानी से बदल जाएँगे,
हमारे कलेजे मोम के नहीं हैं
जो पिघल जाएँगे;
जो असली नेता होता है
वह अपने बेटे की
मौत पर भी नहीं रोता है।
ये आत्मसमर्पण करने वाले छुटभइए
सौ, दो सौ, पाँच सौ को मारते हैं
हम रोज़ पूरे देश पर डाका डालते हैं,
हमारा हथियार बंदूक नहीं कलम है
इसकी नोक पर
हम किसी को भी नहीं छोड़ते हैं,
हम खुद कानून बनाकर
उसे तोड़ते हैं।'

मैंने कहा,
'कवियों की हर कोशिश
बेकार जाएगी
आपसे तो मौत ही
आत्मसमर्पण करवाएगी।'

सैंपल

एक नेता के यहाँ
एक साथ तीन बच्चे अवतरित हुए
एक बहरा, एक गँगा और एक अंधा
नेताजी घबरा गए
यह गांधी जी के तीन बंदर
मेरे घर में कैसे आए?
उन्होंने कहा,
        'हे बजरंगबली!
        इन भिखारियों को जन्म देने के लिए
        तुझे और कोई जगह नहीं मिली?'
–आवाज़ आई :
        'आज़ादी के बाद आम आदमी को मिला है
        बहरा कानून
        गूँगा संविधान और अंधी योजनाएँ
        बेटे, तू बेकार घबराया है
        मैंने कोई करिश्मा नहीं दिखाया है
        मैंने तो बच्चे के रूप में
        तेरे पास
        भारतवर्ष का सिर्फ़
        एक सैंपल भिजवाया है।'

गरीबी

एक दिन मुझे रास्ते में
मिल गई ग़रीबी
मैंने पूछा :
क्या हाल है बड़ी बी?
काफी दिन हो गए तुम्हें इंडिया में
कुछ दिन के लिए मायके चली जाओ,
विदेश जाकर
अपनी माता जी से मिल आओ।

गरीबी बोली :
इस देश से तो मेरा
जनम-जनम का नाता है
भला ऐसे भी कोई
घर छोड़कर जाता है!
फिर आजकल मेरा नाम तो
चुनाव जीतने के काम आता है
मैं नहीं रहूँगी तो ये किसे हटाएँगे
चुनाव लड़ना भूल जाएँगे।
फिर भारत तो मेरे पिता का घर है
भरी जवानी में यहाँ आई थी
अब बुढ़ापे में कहाँ जाऊँगी?
याद रखो ग़रीबी एक पतिव्रता स्त्री है
किसी के हटाने से नहीं हट पाएगी।
डोली में सवार होकर आई थी
कंधों पर सवार होकर जाएगी।'

क्यू युग

आधुनिक युग कलयुग नहीं
क्यू का युग है
जहाँ जाइए वहाँ क्यू
पानी लाइए वहाँ क्यू
नल पर नहाइए वहाँ क्यू
राशन लेना है क्यू में आइए
भाषण देना है क्यू में आइए
रोज़गार दफ़्तर में जीवित मुर्दों के लिए क्यू
श्मशान में मुर्दों के लिए क्यू।
एक दिन किसी बात पर
दिली जज़्बात पर
बीवी से हो गया झगड़ा
वह भी मामूली नहीं तगड़ा
हम भी आ गए ताव में
चल दिए आत्महत्या करने
कुतुब मीनार से कूदकर मरने
ऊपर जाने के लिए क्यू में लग
कूदने को पाँव ही बढ़ाया था
कि किसी ने टाँगें खींचकर कहा
'लाइन में आइए पहले मेरा नंबर है।
दो तारीख़ से खड़ा हूँ
और आज पाँच नवंबर है।'

कोई भरोसा नहीं

जाने कब आँख में धूल झोंकें मेरी,
रिश्तेदारों का कोई भरोसा नहीं!

साँप पर तो भरोसा है हमको मगर,
अपने यारों का कोई भरोसा नहीं!

आम के पेड़ पर अबके भिंडी लगी,
इन बहारों का कोई भरोसा नहीं!

एक बीमार कल नर्स को ले उड़ा,
इन कुँवारों का कोई भरोसा नहीं!

कोई महिला कहीं पर सुरक्षित नहीं,
थानेदारों का कोई भरोसा नहीं!

जो चमन में ज़हर बो रहे आज हैं,
ऐसे खारों का कोई भरोसा नहीं।

तथाकथित भगवान के नाम

विचित्र चित्र देखकर, हैरान हो गया
जो आदमी न हो सका भगवान हो गया

यार हम भी पंद्रह साल से,
मंचों पर गा रहे हैं
लतीफ़े और कविताएँ सुना रहे हैं
लाखों कन्याओं को हँसाया
उल्लू के उल्लू ही रहे
एक को भी न फँसाया।

अगर हम 'हुल्लड़ आश्रम' चलाते
हँसाने की जगह उन्मुक्त सैक्स सिखाते
तो प्यारेलाल, हम भी भगवान हो जाते
तुम्हारे आश्रम के प्रवचन द्वार पर,
एक बोर्ड टँगा है
जिस पर लिखा है
'कृपया मस्तिष्क और जूते
बाहर छोड़कर आइए।'
हमने सोचा,
जिनके पास दिमाग़ है ही नहीं,
वो क्या छोड़ेंगे?
वो क्या अपना सिर फोड़ेंगे?
दिमाग़ होता तो भला यहाँ आते
भगवान तो हर जगह मौजूद है
उसे ढूँढ़ने के चक्कर में,

पूना में आकर चूना तो नहीं लगवाते!
तुमसे भी पहले
काका हाथरसी ने दाढ़ी बढ़ाई
संपत्ति और शोहरत कमाई
हास्य-कविताओं को पूरे देश में सुनाया
क्यों भाया!
इतने लोकप्रिय होने के बावजूद
भगवान बनने का आइडिया
उन्हें क्यों नहीं आया?
स्वामी विवेकानंद ने,
जीवन को सहज होकर जिया।
ज़बरदस्ती जटाजूट बढ़ाकर,
मेकअप नहीं किया।
आश्चर्य है इतने बड़े संत होकर भी,
उन्होंने किसी महिला को नहीं फुसलाया।
ऐशोआराम से नहीं रहे,
अपने आपको भगवान नहीं कहलवाया।
भगवान होते तो तुम्हारी तरह,
बारह लाख की कार में बैठकर ध्यान लगाते
धर्म को भी व्यापार बनाते।

लगता है
तुम्हारी कोई बहिन नहीं है,
इसी से दूसरों की बहू-बेटियों को
अपनी भाषण-कला और
मनोवैज्ञानिक चमत्कारों से रिझाते हो,
उनकी
सोई हुई काम-वासना को जगाते हो
समझ नहीं आता,

तुम किस ऐंगिल से भगवान कहलाते हो?
भगवान बुद्ध ने बुद्ध बनने के लिए,
राजमहल छोड़ा।
तुम यह आश्रम ही छोड़ दो तो जानें,
भगवान श्री कृष्ण ने अर्जुन को जो
उपदेश दिए
उसके उन्होंने टेप नहीं बनवाए थे
किताबों के संस्करण नहीं छपवाए थे।
गोपियाँ उनकी बाँसुरी सुनने के लिए,
पंद्रह रुपए देकर नहीं आती थीं।
वो उनसे प्रेम करती थीं,
सैक्स का नाटक नहीं रचाती थीं।
यह वह देश है
जहाँ इंसान कहने से नहीं,
कर्म से जाना जाता है।
यहाँ सत्य का आचरण करने वाले को,
महात्मा गांधी माना जाता है।

तुमने लोगों के मन की अशांति
और अज्ञान का,
नाजायज फायदा उठाया है।
उनकी कामुक कमज़ोरियों को भुनाया है
यह फायदा फ़िल्म और राजनीति वाले
भी उठाते हैं,
लेकिन वह अपने नाम के आगे
भगवान नहीं लगाते हैं।
भगवान सूरज और चंदा रोज़ रोशनी देते हैं
लाइट का बिल नहीं भेजते हैं।
चारों तरफ़ झरने और समंदर लहराते हैं,

ये पानी पीने वालों पर
कितना वाटर-टैक्स लगाते हैं!
तुम तो धर्म को, किताबों और टेपों के
माध्यम से बेच रहे हो,
सुना है आजकल बहुत नोट खैंच रहे हो!
हे आध्यात्मिक राजनारायण!
तुम्हारा पूरा जीवन एक फ़िल्म है
जो सैक्स की भरमार के कारण
धड़ल्ले से चल रही है।
लेकिन कब तक चलेगी?
जिस दिन असली भगवान का सेंसर लगेगा
उस दिन पोल खुलेगी
मेरा विनम्र निवेदन है
कि विदेशों में जाकर
'संभोग से समाधि' लगाओ
यह समाज पहले ही अधमरा है
इसे और
लूला-लँगड़ा मत बनाओ!

www.ingramcontent.com/pod-product-compliance
Lightning Source LLC
LaVergne TN
LVHW060452051026
849518LV00002B/743
* 9 7 8 8 1 7 1 8 2 7 5 6 5 *